AF284623

Der Turm der Magier

Heinz Ortin - Band 1

Von Markus Zemke

BoD - Norderstedt

Bibliografische Information der Deutschen Nationalbibliothek: Die Deutsche Nationalbibliothek verzeichnet diese Publikation in der Deutschen Nationalbibliografie; detaillierte bibliografische Daten sind im Internet über www.dnb.de abrufbar.

1. Auflage, 2020

Herstellung und Verlag
BoD - Books on Demand, Norderstedt

www.bod.de
ISBN 9783752824964

Inhaltsverzeichnis

Vorgeschichte

Die Kirche lehrt uns, dass es der Hochmut der Menschen war, der die Uedkult in unsere Welt brachte. Die Magier wollten den Himmel an sich reißen, doch sie haben ihn vernichtet. Sie wurden verderbt und durch ihre eigene Verderbtheit verflucht. Sie kehrten als Monster zurück, als die Ersten der Uedkult. Als Verderbnis fielen sie über die Erde her. Unaufhaltsam und unerbittlich. Als Erstes fielen die Königreiche der Zwerge. Aus den tiefen Gruben griffen uns die Uedkult immer und immer wieder an, bis wir kurz vor der Auslöschung standen. Doch dann kamen wir, die Tempelwächter, Männer und Frauen aller Rassen, Barbaren und Könige. Wir opferten alles, um den Uedkult Einhalt zu gebieten, und siegten.

Dieser Sieg liegt Jahrhunderte zurück. Wir stehen auch heute noch Wache, immer gut gerüstet und auf die Uedkult wartend. Doch die, die uns einst Helden nannten, haben uns heute vergessen. Wir sind nur noch wenige, und unsere Warnungen wurden zu lange ignoriert.

Torben Jotha, Hauptmann der Tempelwächter

In den Jahren vor der Verderbnis, als die Kirche noch eine Einheit war, gab es drei Unterteilungen in der Kirchenarbeit. Es gab die Prediger, die das Wort des Schöpfers weitergaben. Dann gab es die Templer, die auf die Einhaltung der Gesetze achteten. Schließlich waren da noch die Wunderwirker, die heilen konnten und andere Wundertaten vollbrachten. Als den Wunderwirkern bewusst wurde, dass sie viel mehr Macht in ihren Händen hielten als einfache Heiler und das Leben und Tod in ihren Händen lag, wollten sie sein wie der Schöpfer. So taten sich die

Mächtigsten unter ihnen zusammen und gründeten einen geheimen Kult, den Uedkult. Das Ziel des Uedkults war es, ein Portal zu öffnen, um in die Welt des Schöpfers zu wechseln und selbst zu Göttern zu werden. Doch auf der anderen Seite des Portals war das Nichts. Das Nichts nahm ihnen ihre Körper und ihre Persönlichkeit und ließ sie aus ihren stärksten Gedanken neu entstehen. Da ihr stärkster Gedanke aber ihr Hass war, den sie in ihrem Kult gebündelt hatten, kamen sie als Wesen der Verderbtheit zurück. Ihr ganzes Wesen war auf die Vernichtung der Erde ausgerichtet. Am Anfang versuchte man sie noch wie Kranke zu behandeln. Doch immer wenn man sie fragte, was sie gesehen hatten und was geschehen war, bekam man nur „Ich bin Uedkult!" zur Antwort.

So kämpften die Templer gegen die Uedkult und versagten. Als das Reich der Zwerge fast schon vernichtet war, entschied man sich, mit Magie gegen Magie zu kämpfen. Alle, die gegen die Uedkult kämpfen wollten, wurden in einem speziellen Turm von den Templern ausgebildet, auch Magier. So kamen alle Rassen und Volksschichten zusammen. Sie wurden ausgebildet zu Tempelwächtern. Die Tempelwächter waren auf wundersame Weise immun gegen die Uedkult. Ihre Zahl nahm schnell zu, und sie schafften es, die Uedkult zu besiegen. Doch war auch noch ein großer Dämon aus dem Nichts gekommen, der ebenfalls von den Tempelwächtern besiegt werden musste.

Nach diesem Krieg wurden alle Magier, die keine Tempelwächter waren, getötet. Was damals geschah, sollte sich nie wieder wiederholen. Die Magier aber, die als Tempelwächter gedient hatten, durften in dem Turm der Tempelwächter wohnen. Mit der Zeit geriet alles in Vergessenheit, nur das Verbot der Magie blieb aufrecht. Wenn ein Kind mit der Gabe der Magie geboren wurde, musste dies gemeldet werden. Je nach Alter des Kindes wurde es entweder in den Turm gebracht oder getötet.

Fortführung

Der Holzboden in der kleinen Hütte knarzte. Es war feucht und muffig, da es schon seit drei Tagen unablässig regnete. Lange würde diese Hütte das nicht mehr mitmachen, wusste Franziska. Wenn sie sich umsah, erblickte sie nur Trostlosigkeit. Die kleinen Fenster waren schon lange nicht mehr geputzt worden. Der getrocknete Lehm in der Holzwand löste sich langsam auf. Dreck quoll aus den Ritzen hervor. Doch im Ofen war gut eingeheizt und rechts neben dem Ofen stand ein mit klein gehacktem Holz gefüllter Korb. Der dicke Eichentisch im Wohnraum war sauber geschrubbt und mit kleinen Zwergen und Elfen aus Holz dekoriert. Auch die drei Schemel und der Hochstuhl, die um den Tisch standen, waren auf Hochglanz gebracht. In dem Hochstuhl saß ihr ganzer Stolz, ihr Sohn Heinz. Heute war sein dritter Geburtstag. Sein Vater war hingerichtet worden, als Franziska noch mit Heinz schwanger war. Zum Glück hatte sie damals ihre Schwangerschaft vor den Templern verbergen können. Hätten die Templer gewusst, dass sie von einem Magier schwanger war, so hätte man vielleicht auch sie getötet. Doch jetzt sollte der kleine Magier erst einmal seine Torte bekommen. „Seine Torte! Hoffentlich ist sie noch nicht angebrannt." Schnell rannte Franziska hinüber in den Küchenbereich, wo ein paar Pfannen und Töpfe von der Decke baumelten. Sie griff nach einem alten Lumpen und öffnete die Ofentüre. Vorsichtig schob sie ein Holz unter die Kuchenform und zog den Kuchen heraus. Er war etwas dunkler als geplant, aber kaum verbrannt. Als sie den Kuchen auf den Tisch stellte, wurde es plötzlich leiser. Der Regen klatschte nicht mehr aufs Dach, und auch die Fenster blieben trocken. Es wurde zunehmend wärmer im Raum.

Sie warf einen Blick durch ein Fenster und erschrak. Mindestens einen Meter um das Haus herum fiel kein Regen. Es war so, als ob man eine Glocke über das Haus gestülpt hätte. Aber Franziska konnte sich nicht darüber freuen: Zeigte das doch eindeutig, dass hier jemand war, der Magie betrieb. Noch bevor sie Heinz darum bitten konnte, damit aufzuhören, wurde die Türe eingeschlagen. Vier starke Männer in silbernen Rüstungen betraten den Raum. Über ihren Rüstungen trugen sie weiße Überwürfe mit einem roten Kreuz darauf; es waren Templer.

„Wo ist der Magier" donnerte die Stimme des Templers, der als Erstes den Raum betreten hatte.

Franziska stellte sich vor den Hochstuhl, und versuchte die Dumme zu spielen. „Von was für einem Magier sprecht ihr? Hier sind nur mein Sohn und ich. Wir feiern gerade seinen dritten Geburtstag."

„Dann müssen wir wohl selbst herausfinden, wer der Magier ist", sprach der Templer nun in einem ruhigeren Ton.

Noch ehe Franziska reagieren konnte, hatte der Templer sein Schwert aus der Scheide gezogen und ihr den Kopf abgeschlagen. Nun flogen plötzlich die Schemel, die Holzfiguren und die Holzscheite aus dem Korb in Richtung Templer. Während sich der Templer auf den Boden warf, um den Geschossen auszuweichen, rief er seinen Kameraden zu: „Schnappt euch den Jungen! Er ist der Magier!"

Die Templer wehrten die Geschosse mit ihren Schilden ab, griffen sich den Jungen und fesselten seine Hände auf dem Rücken. Plötzlich hörten die Sachen auf, durch den Raum zu fliegen, denn der kleine Heinz setzte nun seine ganze Energie dafür ein, seine Fesseln loszuwerden. Dadurch verbrauchte er so viel Kraft, dass er vor Erschöpfung einschlief. So nahmen die Templer den schlafenden Heinz und verließen das Haus.

Der Weg war schon gar nicht mehr als solcher zu erkennen. Eine braune Brühe, die mit jedem Regentropfen an den Umhängen hoch spritzte, bedeckte den Boden. Die Häuser waren nur schemenhaft zu erkennen. Die Templer liefen, so schnell es der matschige Boden zuließ, durch das Dorf. Weiter nach Norden führte der Weg durch den Wald. Kein vernünftiger Mensch würde bei diesem Wetter durch den Wald gehen, doch die Templer konnten nicht auf besseres Wetter warten. Sie mussten schnell den Turm erreichen, bevor Heinz wieder aufwachte. So kletterten sie über umgestürzte Baumstämme und versanken manchmal bis zum Bauch im Wasser, das sich in großen Löchern gesammelt hatte.

Ankunft

Es war schon fast Mitternacht, als die Templer den Turm erreichten. Am Tor wurden sie vom wachhabenden Offizier in Empfang genommen. Dieser führte sie in die Turmspitze, zum Ordensführer.

„Hier bringe ich euch einen Neuzugang. Wir haben ihn entdeckt, als er in einem Haus gezaubert hat", sprach der Hauptmann.

„Da habt ihr ja eine Glanzleistung vollbracht", erwiderte Pendrax, der Ordensführer. „Ich nehme an, dass ihr ziemlich viel Probleme hattet. Es handelt sich ja immerhin um ein Kleinkind. Bei seinem Wissen könnte er bestimmt die ganze Welt mit einem Fingerschnippen zerstören. Wirklich gefährlich." Pendrax brach in schallendes Gelächter aus. „Sagt mir wenigstens, wie der Knabe heißt, oder ist das auch zu schwierig für euch?"

„Die Frau, der wir ihn entrissen haben nannte ihn Heinz." stammelte der Hauptmann.

„Hat diese Frau auch einen Namen? Wo ist sie eigentlich? Es wäre doch wohl vernünftiger gewesen, die Frau mitzubringen", erwiderte der Ordensführer.

„Ortin. Ja, ich bin mir sicher das an dem Haus Ortin stand. Die hat sich aber so arg gewehrt, dass wir sie töten mussten. Sonst hätten wir den Jungen gar nicht bekommen. Sie hat ihm immer wieder gesagt, welche Formeln er gegen uns anwenden soll. Es blieb uns wirklich keine andere Wahl."

„Ihr seid ein Narr, Wilmort. Nur weil Ihr die Kleidung der Kirche tragt, glaubt Ihr alles zu wissen. Eine Nichtmagierin kann niemandem irgendwelche Formeln sagen. Einmal ganz davon abgesehen, dass Ihr gar nicht mehr am Leben wärt, wenn man Blutmagie gegen Euch eingesetzt hätte. Geht lieber, bevor Ihr Euch noch mit Eurer Zunge selbst verletzt."

Wutentbrannt verließ der Hauptmann den Raum, ohne sich noch einmal umzudrehen. Heinz und Pendrax blieben alleine. „Was machen wir nun mit dir, junger Mann?" überlegte Pendrax. „Am besten wird es wohl sein, wenn sich Leandro um dich kümmert." Daraufhin verließ Pendrax mit Heinz das Büro und ging nach unten, zu den Schlafsälen. Er legte Heinz in ein Bett und deckte ihn liebevoll zu.

Die Läuterung

Als Heinz heute die Augen aufschlug, erinnerte er sich wieder. Vor genau 13 Jahren, an seinem dritten Geburtstag, war eine Gruppe von Templern vorbei gekommen und hatte ihn seinen Eltern weggenommen. Man hatte bei ihm die Gabe der Magie festgestellt. Für die meisten Menschen wäre das der Grund für ein Todesurteil gewesen. Doch ihn brachten sie in den Turm. In den 13 Jahren hatte er viel gelernt.

Eine der wichtigsten Regeln war die Geschlechtertrennung. Es gab keine weiblichen Magier. Frauen wurden zu Priesterinnen ausgebildet. Diese waren in einem eigenen Trakt untergebracht, den Männer nicht betreten durften. Nur bei den heiligen Zeremonien sahen diese die Priesterinnen. Doch durften sie nur in Verbindung mit ihrer Arbeit mit ihnen reden. Private Gespräche waren streng untersagt.

Eine andere Regel war die Art der Ausübung. Magie durfte nie mit Blut bekräftigt werden. Wer Blutmagie ausübte, wurde mit dem Tode bestraft. Auch die Ausübung von Magie in Abwesenheit eines Meisters war verboten, solange die Prüfung nicht bestanden war. Niemand erzählte jemals etwas über die Prüfung. Wer sie absolviert hatte, wurde zum Schweigen verpflichtet. Wer sie nicht bestanden hatte, konnte nicht mehr darüber sprechen, da er tot war.

Heute war der Tag seiner Prüfung.

Er stieg die Stufen hinab und betrat die große Halle. Die Magiermeister standen dort im Kreis und warteten auf ihn. Von der Türe bis zur Mitte des Raums, wo ein Kelch stand, standen die Templer Spalier. Zügig ging er auf den Kelch zu, wo Pendrax auf ihn zu trat.

„Heinz, die Magie, die in dir wohnt, wird immer wieder versucht werden. Dämonen aus dem Nichts werden kommen, um dich zu kontrollieren. Deshalb gibt es die Läuterung. Das Ritual schickt dich ins Nichts, wo du auf einen Dämonen treffen wirst, gerüstet nur mit deinem Willen. Bist du bereit, diesen letzten Schritt zu tun?"

Obwohl er sich die ganzen Jahre auf die Läuterung vorbereitet hatte, war Heinz jetzt doch etwas unsicher geworden. „Gibt es nicht auch eine andere Möglichkeit?", wollte er deshalb wissen.

Pendrax antwortete: „Da wäre die Besänftigung. Doch ist der Verlust der Magie eine Option? Nein. Du wirst diese Prüfung bestehen. Wenn du sie nämlich nicht bestehen würdest, würden die Templer ihre Pflicht tun und dich töten. Doch du bist soweit und wirst bestehen. Greif nun in den Kelch und wechsele über ins Nichts."

Heinz griff in den Kelch, und der Raum begann sich um ihn zu drehen.

Als wieder alles zur Ruhe kam, stand er auf einem gepflastertem Weg. Rechts und links war der Weg von Bäumen gesäumt. Plötzlich schoss ein Blitz auf ihn zu. Als er merkte, dass von links ein weiterer Blitz auf ihn zukam, schoss auch er einen Strahl aus seinen Händen ab. Heinz konnte nicht feststellen, wen oder was er getroffen hatte, aber der Beschuss hörte erst einmal auf. So ging er in die Richtung, aus der die Blitze kamen. Es wurde schon wieder auf ihn geschossen, doch jetzt war er vorbereitet. Als er zwischen den Bäumen etwas aufblitzen sah, schoss er sofort und lief weiter in die Richtung. Plötzlich stand er einer Ratte gegenüber.

„Schon wieder jemand, der den Wölfen zum Fraß vorgeworfen wurde. Es ist nicht richtig, dass sie das tun, diese Templer. Weder Euch, noch mir, noch sonst jemandem gegenüber", sprach die Ratte zu Heinz.

Er war überrascht - nicht nur, weil er wie ein hoher Herr, in der dritten Person angesprochen wurde, sondern weil er von einer Ratte angesprochen wurde. „Ist ... das hier das Nichts?" fragte Heinz etwas stockend.

„Es ist immer das Selbe." antwortete die Ratte und verwandelte sich dabei in einen jungen Magier. „Lasst mich Euch im Nichts willkommen heißen. Nennt mich einfach ... Maus."

„Ihr könnt Eure Gestalt verändern?", wunderte sich Heinz.

Der junge Magier antwortete: „Dieser Ort ist nicht so real wie Ihr es kennt. Hier ist man das, was man glaubt zu sein. Ich denke, ich war früher einmal wie Ihr. Die Templer töten jeden, der zu lange braucht. Ich schätze, genau das haben sie mit mir gemacht. Ich habe keinen Körper mehr, in den ich zurückkehren könnte. Und es bleibt nicht mehr viel Zeit, bis es Euch ebenso ergeht."

„Wieviel Zeit bleibt mir genau?"

„Ich ... ich kann mich nicht erinnern. Ich bin weggerannt und habe mich versteckt. Ich weiß nicht, wie viel Zeit vergangen ist."

„Was muss ich denn hier tun?"

„Hier ist etwas eingesperrt. Ein Dämon, dem Ihr widerstehen müsst. Das ist Euer Weg hier heraus, oder der Eures Gegners, wenn die Templer euch nicht töten würden. Für Euch ist es eine Prüfung, für die Wesen des Nichts eine Verlockung."

„Aber alles kann sterben", meinte Heinz. „Ich kann mir nicht vorstellen, dass es so einfach sein sollte."

„Es wäre töricht, einfach alles anzugreifen, was ihr seht. Euer Widersacher ist mächtig und klug. Hier sind noch ganz andere Geister. Sie können Euch mehr erzählen und vielleicht auch helfen, wenn Ihr in der Lage seid, alles zu glauben, was ihr seht. Wenn es Euch Recht ist, folge ich Euch. Ich hatte meine Chance vor langer Zeit, doch Ihr könntet einen Ausweg finden."

„Nicht weit entfernt ist ein gefährlicher Geist", warnte Maus. „Ihr solltet ihm euch erst nähern, wenn Ihr bereit seid."

Daraufhin setzte Heinz seinen Weg fort. Der Weg blieb nicht eben. Manchmal musste Heinz so laufen, dass er glaubte, auf dem Kopf zu stehen. Doch an diesem seltsamen Ort durfte man sich über nichts mehr wundern. Da sah er rechts neben sich eine Plattform auftauchen, die von Lava umgeben war. Nur ein schmaler Weg führte auf die Plattform.

„Dies ist der Ort, an dem Ihr Eurer Prüfung unterzogen werdet. Sobald der Dämon glaubt, dass Ihr bereit seid, wird er hier erscheinen. Deswegen solltest Ihr keine Zeit verschwenden und Euch Hilfe bei den anderen Geistern holen." Und wieder wurde Heinz mit Blitzen beschossen. „Schnell, lasst uns gehen", meinte Maus. „Ihr solltet den Blitzen folgen, aber Euch nicht von ihnen treffen lassen. Vielleicht solltet Ihr Euch verteidigen, aber achtet immer darauf, das Ihr nie angreift."

Heinz versuchte die Blitze abzuwehren, indem er genau auf die Blitze zielte und nicht auf den Ort, von dem sie kamen. So lief er immer weiter in Richtung der Quelle der Blitze. Als er auf einer Anhöhe links von sich einen humanoiden Geist sah, hörte der Beschuss auf.

Heldenmut

„Er scheint stark zu sein", meinte Maus. „Vielleicht kann er Euch helfen."

Heinz schaute sich den Geist genau an. Er sah aus wie ein Samurai. Allerdings trug er einen Helm, wie ein Ritter, weshalb man nur seine Augen sehen konnte, die wie Feuer glühten. Auf seinen Schultern hatte er etwas, das wie ein Stachelpanzer aussah, und ein langes Schwert steckte in einer Scheide an seinem Rücken. Hinter ihm standen mehrere Ständer mit verschiedenen Schwertern darin - Säbel, Macheten, Einhandschwerter, Bidenhänder und mehr. Auch dieser Platz war von brennender Lava umgeben.

„Schon wieder ein Sterblicher, den man ins Feuer geworfen hat", meinte der Geist. „Eure Magier haben sich eine feige Prüfung ausgedacht. Ihr solltet lieber mit euren Fähigkeiten gegeneinander antreten, statt euch unbewaffnet einem Dämon zu stellen."
„Warum sollten wir gegeneinander antreten? Dies ist doch eine Prüfung zur Läuterung des Geistes."

„Aber sie lassen euch gegen einen Dämon kämpfen. Ob mit Magie oder Waffen, um zu siegen müsst Ihr ein Krieger werden. Da Ihr noch hier seid, habt Ihr Euren Jäger noch nicht besiegt. Ich wünsche Euch eine glorreiche Schlacht."

„Habt Ihr alle diese Waffen hinter Euch geschaffen?"
„Sie gewinnen durch Magie Leben. Ich hörte, dass in eurer Welt nur Magier Dinge durch Willenskraft erschaffen können. Das Leben der Sterblichen, die das nicht können, muss hohl und leer sein."
„Dann seid Ihr vielleicht der richtige Geist für mich. Könnt Ihr mir helfen?"
„Natürlich. Ihr seid nicht der erste Sterbliche, der darum

ersucht. Aber ich bin nicht hier, um euch zu helfen. Mein Ziel ist es, die perfekte Waffe zu schaffen, mit der dann jemand wahren Heldenmut beweisen kann."

„Würde dann eine dieser Waffen auch bei dem Dämon Schaden anrichten?"

„Ganz ohne Zweifel. In dieser Welt ist alles, was existiert, nur Verstofflichung eines Gedankens. Sind diese Klingen für Euch aus Stahl, diese Stäbe aus Holz? Glaubt Ihr, damit Wunden schlagen zu können? Eine Waffe ist nichts als der Wunsch nach Kampf. Mein Wille macht daraus Realität. Wollt Ihr wirklich eine meiner Waffen haben? Ich gebe euch eine, wenn Ihr vorher im Duell gegen mich antretet. Heldenmut wird prüfen, aus welchem Holz Ihr geschnitzt seid."

„Angenommen, ich würde zustimmen, wie lauten dann die Regeln für Euer Duell?"

„Wenn ich glaube, dass Ihr dem Dämon gewachsen seid, breche ich das Duell ab und gebe Euch den Stab. Andernfalls erschlage ich Euch. Sind die Regeln einfach genug, um sie nicht zu vergessen, Sterblicher?"

„Gut, dann duellieren wir uns... Heldenmut."

„Wie Ihr wünscht... Sterblicher. Habt Ihr die Regeln verstanden, die ich Euch genannt habe?"

„Ja, ich verstehe sie."

„Damit beginnt unser Duell. Kämpft mit Heldenmut."

Langsam zog er das Schwert von seinem Rücken hervor, während Heinz seine Hände vor sein Gesicht hielt und auf den Angriff wartete. Noch bevor Heinz ausweichen konnte, kam ihm schon die Klinge entgegen und streifte ihn am linken Unterarm. Es schmerzte, und Blut spritzte aus seinem Arm. Auch wenn die Klinge durchsichtig war und aussah, als ob sie nur aus Nebel bestehen würde, hatte sie ihn doch verletzt. Beim nächsten Schlag wich er geschickt aus und schlug auf den weichen Samuraiumhang, in Höhe des Herzens. Doch den Geist schien das nicht zu stören. Um den nächsten Schlägen auszuweichen, murmelte er „Arma lapis". Seine Haut verhärtete sich, sodass die Klinge nicht mehr eindringen konnte. Nun schlug er noch einmal zu. Dieses Mal schien es der Geist zu spüren. Schnell hob er die Hände und rief in einem fort „Fulgére! Fulgére! Fulgére!..." Ein Blitz nach dem Anderen schoss aus seiner Hand. Heinz wich weiter den Schwertangriffen aus und zielte mit seiner Hand in Richtung des Herzens, des Geistes.

„Genug!", rief der Geist. „Eure Stärke reicht für Eure Aufgabe aus. Der Stab ist Euer. Möget Ihr Ruhm bei all euren Vorhaben finden, Sterblicher."

Der Geist griff in die Luft und hielt plötzlich einen zwei Meter langen Stab in der Hand. Unten hatte der Stab wohl einen Durchmesser von zwei Zentimetern, während der Kopf einen Durchmesser von zehn Zentimetern aufwies. Dieser Stab war nicht durchsichtig. Er schien aus einem schwarzen Holz gemacht zu sein. Doch Heinz kannte kein Holz, das so dunkel war. In der Mitte des Kopfes war ein gelber Stein. Dieser sah jedoch nicht so aus, als ob er dort eingesetzt worden war, sondern als ob er dort drinnen gewachsen war. Seltsamerweise war der Stab auch nicht zu schwer. Bei der Größe hätte er doch mindestens fünf Kilo wiegen müssen, doch Heinz spürte kaum sein Gewicht.

„Danke, Heldenmut. Ich werde den Stab in Eurem Sinne einsetzen und den Dämon besiegen."

Trägheit

Als sich Heinz umdrehte, um nach weiteren Blitzen Ausschau zu halten, kam ein durchsichtiger Wolf auf ihn zugelaufen.

„Seid vorsichtig!", rief Maus. „Das ist ein Seelenwolf. Erinnert Ihr euch an die Geschichten über Werwölfe? Wenn dieser Wolf Euch hier tötet, übernimmt er Euren Körper in Eurer Welt. Dann wird er andere Körper in eurer Welt suchen, deren Seelen er dann ins Nichts schickt, damit die anderen Seelenwölfe die Körper in Besitz nehmen können."

Schnell zog Heinz den Stab und hieb mit dem Kopf auf den Wolf ein. Schon nach zwei Schlägen löste sich der Wolf vor ihm auf. Doch kamen jetzt zwei weitere Wölfe auf ihn zu. Einer kam von vorne und einer von hinten. Zur Probe wirbelte Heinz den Stab über seinem Kopf herum. Ohne Mühe konnte er den Stab über sich drehen. So ließ er sich fallen und drehte den Stab weiter über sich. Die Wölfe liefen direkt in den Stab hinein. Als sie an ihren Köpfen getroffen wurden, spritzte Nebel in der Gegend umher, als ob es Blut wäre. Danach lösten sich die Wölfe auf. Als Heinz wieder aufstand, sah er in einiger Entfernung einen Bären auf dem Weg liegen. Der Bär war allerdings nicht durchsichtig, sondern hatte ein schwarzes Fell. Aus dem Rücken wuchsen dreieckige Stacheln. Er sah gefährlich aus, doch schien er im Moment zu schlafen.

„Er sieht gutmütig und stark aus", meinte Maus. „Vielleicht kann er Euch ja bei Eurem Kampf unterstützen. Ich bin zu schwach und zu klein um mit Euch gegen den Dämon zu kämpfen."

„Also gut", lies sich Heinz überzeugen, „Dann sollten wir jetzt hingehen und ihn fragen."

Es waren nur noch ein paar Meter, und es kamen ihnen auch keine Seelenwölfe mehr entgegen.

„Hmm", brummte der Bär, „Ihr seid also der Sterbliche, der gejagt wird. Und der Kleine da, ist das ein Appetithappen für mich?"

„Nein, heute gibt es keine Häppchen!", rief Maus ganz empört und nahm wieder die Gestalt eines Menschen an.

„Auch Recht. Der Dämon wird Euch irgendwann erwischen. Vielleicht bleiben ja ein paar Reste übrig."

„Wozu auf Reste warten?", meinte Heinz. „Holt Euch doch gleich was."

„Ihr würdet weglaufen. Jagen ist Zeitverschwendung, selbst wenn es ums Essen geht. Hinfort! Ihr habt sicher Besseres zu tun, als die Trägheit zu belästigen, Sterblicher. Ich bin Eurer bereits überdrüssig."

„Ich könnte Eure Hilfe brauchen, um den Dämon zu besiegen", versuchte Heinz es noch einmal.

„Ihr habt da einen hübschen Stab, wozu braucht Ihr mich? Benutzt die Waffe, die Ihr Euch verdient habt. Beweist Kühnheit." Darauf schloss die Trägheit ihre Augen und regte sich nicht mehr.

„Er scheint mächtig zu sein", flüsterte Maus, „Vielleicht kann er euch beibringen, so zu werden wie er."

„Wie ich?", antwortete die Trägheit, die Maus trotz des Flüsterns gehört hatte. „Einem Sterblichen beizubringen, diese Form anzunehmen? Wozu? Die meisten Sterblichen hängen zu sehr an ihrer eigenen Form. Aber Ihr, mein Kleiner, wäret bestimmt ein besserer Schüler. Ihr habt Euch schon vor Jahren von der Menschenform gelöst."

„A-aber warum?" stotterte Maus. „Bären sind groß und leicht zu sehen. Und – ich könnte mich nur schlecht verstecken."

„Verstecken löst keine Probleme", meinte Heinz. „Wir müssen uns unseren Ängsten stellen."

„Ihr-ihr habt Recht", stotterte Maus weiter. „Der Dämon verzehrt mich immer noch – und ich verliere mich, Stück für Stück. Es gibt für mich keinen Weg hinaus. Verstecken verzögert es alles nur. Ich muss – ich muss mich dem Dämon stellen. Ich möchte lernen ein Bär zu sein, Trägheit."

„Wie schön", antwortete die Trägheit gelangweilt. „Aber Unterricht ist so anstrengend. Los, geht jetzt."

„Aber Ihr sagtet, ...", setzte Maus an, als Heinz ihn unterbrach. „Maus will es lernen! Bringt es ihm bei!"

„Ihr wollt meine Form erlernen, Kleiner. Dann habe ich eine Aufgabe für Euren Freund. Wenn er drei Rätsel löst, dann bringe ich es Euch bei. Wenn nicht, fresse ich euch beide. Eure Entscheidung."

„Gut, Trägheit. Ich werde Eure Herausforderung annehmen. Stellt mir eure Rätsel."

„Wirklich? Das verspricht ja immer besser zu werden. Hier mein erstes Rätsel:

Ich habe Meere ohne Wasser, Küsten ohne Sand, Städte ohne Menschen, Berge ohne Land. Was bin ich?"

„Nun, Trägheit. Ich nehme an, dass diese Frage nur zum Aufwärmen war. Sollten nämlich alle Eure Fragen so einfach sein, dann könntet Ihr auch gleich mit dem Unterricht anfangen. Es handelt sich natürlich um eine Landkarte."

„Hmm, richtig. Machen wir weiter. Das zweite Rätsel:

Ich werde selten berührt, aber oft gehalten. Wer klug ist, benutzt mich richtig. Was bin ich?"

„Diese Frage ist wirklich schon schwieriger. Was hält man öfter, als das man es berührt? Um etwas halten zu können, muss ich es doch berühren."

„Gebt Ihr auf, Sterblicher?"

„Nein, lasst mich noch einen Moment überlegen. ... ... Ich hab's! Es ist eine Rede."

„Ja, genau. Eine kluge Rede. Ganz Recht. Machen wir weiter?

Oft erzähle ich eine Geschichte. Berechne nie etwas dafür. Unterhalte dich eine ganze Nacht, und werde dennoch meist vergessen. Was bin ich?"

„Musik kann es nicht sein. Niemand würde sich eine ganze Nacht Musik anhören. Außerdem erzählt die Musik nur selten Geschichten. Es muss etwas anderes sein. Geschichten stehen in Büchern, und wenn man ein dickes Buch nimmt, dann kann es schon sein, dass man die ganze Nacht daran liest. Ja, ich denke es ist ein Buch."

„Ihr könntet wohl die ganze Nacht lesen, aber daran würdet Ihr euch erinnern. Nein. Ich spreche von einem Traum. Und Euer Traum endet hier. Bleibt bitte ruhig stehen, damit ich euch jetzt fressen kann."

Als der Bär vorsprang, verwandelte sich Maus wieder zurück und versteckte sich hinter Heinz. Die Trägheit schien gar nicht mehr so träge, als es jetzt ums Essen ging. Doch Heinz hatte keine Lust, sich einfach fressen zu lassen, weshalb er laut ausrief „ Arma lapis!" Schon wurde seine Haut wieder steinhart. Er griff zu seinem Stab und schlug auf die Trägheit ein. Schon nach ein paar Schlägen wich der Bär wieder zurück.

„Genug. Ihr seid eine Plage und die ganze Anstrengung nicht wert. Ich bringe der Maus die Bärenform bei, nur um euch endlich loszuwerden."

Die Trägheit nahm nun das Aussehen von Maus an. Dann erklärte er Maus genau, was er zu machen hatte, Schritt für Schritt. So konnte Maus auch die Veränderungen sehen. Nun versuchte Maus es auch. Was dabei herauskam, war ein gewöhnlicher Schwarzbär.

„Oh. Ein interessantes Gefühl. Es prickelt überall. I-ich glaube es gefällt mir."

„Ähnlich genug", sagte die Trägheit. „Geht jetzt und besiegt Euren Dämon, oder was immer Ihr sonst tun wollt. Euer Sterblichengeschwätz ermüdet mich zunehmend. Ich habe die Maus unterrichtet. Belästigt mich nicht länger. Ich bin müde."

Damit lies sich die Trägheit wieder auf den Boden fallen. Sie machte sich gar nicht die Mühe, sich noch zurechtzulegen, sondern schloss einfach ihre Augen.

Das Finale

Heinz drehte sich um, um zu dem Platz der Prüfung zurückzukehren. Maus folgte ihm, jetzt aber als Bär. Schon nach ein paar Schritten wurden sie von Seelenwölfen angegriffen.

„Puh, wie die stinken!", rief Maus und schlug dem ersten Wolf seine Bärentatze ins Gesicht. Sofort löste sich der Wolf auf. „He, das macht ja richtig Spaß. Wenn ich das früher gewusst hätte, wäre ich von Anfang an als Bär herumgelaufen."

Während Maus das sagte, schlug er zwei weiteren Seelenwölfen ins Gesicht. Heinz war ebenfalls mit ein paar Wölfen beschäftigt, doch dank des Stabes hatte auch er keine Probleme, sie zu erledigen. Danach lief Heinz auf einen Hügel über dem Prüfungsplatz, um zu sehen, ob der Dämon schon da wäre. Er sah aber nur einen leeren Platz.

„Komm, Maus. Wenn der Dämon noch nicht da ist, dann werden wir eben auf ihn warten. Lass uns auf den Prüfungsplatz gehen."

So stiegen sie den Hügel wieder hinunter und betraten den Prüfungsplatz.

„UND HIER IST DER GEIST DES ZORNS!", hallte es plötzlich über den Platz.

Ein Dämon mit einem Echsenkopf, Schlangenkörper und zwei langen Armen mit Klauen daran stand plötzlich vor ihm. Der ganze Körper sah so aus, als ob er aus reiner Lava bestehen würde.

„ENDLICH IST ES SOWEIT! SCHON BALD WERDE ICH DIE WELT DER LEBENDEN DURCH DEINE AUGEN SEHEN, KREATUR! DU WIRST MEIN SEIN, MIT KÖRPER UND SEELE!"

„Zwei gegen einen", lachte Heinz. „Willst du wirklich gegen uns beide antreten?"

„WIE AMÜSANT. HAST DU IHM DENN NICHTS VON UNSERER VEREINBARUNG ERZÄHLT, MAUS?"

„Wir haben keine Vereinbarung!", rief Maus, „Jetzt nicht mehr."

„OH, UND DAS ALLES NACH DIESEN WUNDERVOLLEN MAHLZEITEN, DIE WIR GETEILT HABEN. HAT DIE MAUS AUF EINMAL DIE REGELN GEÄNDERT?"

„Ich bin jetzt keine Maus mehr, und bald muss ich mich auch nicht mehr verstecken. Ich muss keinen Handel mit dir eingehen."

„WIR WERDEN SEHEN!"

Sehr schnell bewegte sich der Zorn auf Heinz zu. Maus sprang in seiner neuen Gestalt vorwärts und blockte so den ersten Angriff ab. In der Zwischenzeit konnte sich Heinz seitlich postieren und zuschlagen. Also schlugen Maus und Heinz gemeinsam auf den Zorn. Die Lava verbrannte weder den Stab noch das Fell von Maus. Nach einer Minute Kampf löste sich der Zorn vor ihren Augen auf.

„Ihr habt es geschafft", jubelte Maus. „Ihr habt es wirklich geschafft. Als Ihr angekommen seid, hatte ich gehofft, dass es Euch *vielleicht* gelingen würde. Aber ich habe nie wirklich daran geglaubt, dass einer von euch würdig wäre."

„Halt. Diejenigen, die ihr vor mir hintergangen habt … Wie waren ihre Namen?"

„Was? Sie waren nicht so vielversprechend wie Ihr, und es ist lange her. Ich kann mich nicht an ihre Namen erinnern. Ich erinnere mich ja nicht einmal an meinen eigenen Namen. Das hier ist das Nichts, und die Templer haben mich getötet, so wie sie es bei Euch versucht haben."

„Ihr tut alles, um zu überleben. Wie ein Tier. Vielleicht noch schlimmer."

„Ich bin, was das Nichts aus mir gemacht hat. Kann man mir deswegen einen Vorwurf machen? Es ist nicht fair, sich zwischen Existenz und Nichtexistenz entscheiden zu müssen. Ich hatte keine Hoffnung, aber Ihr habt mir andere Möglichkeiten aufgezeigt. Wollt Ihr mir helfen? Es könnte einen Weg für mich geben, um von hier zu entkommen und draußen Fuß zu fassen. Ihr müsst mich einfach nur hineinlassen wollen."

„Ich glaube langsam, dass der andere Dämon überhaupt nicht meine Prüfung war."

„Was? Was wollt Ihr? Aber natürlich war er das. Was gibt es hier sonst noch, was einem Schüler mit eurem Potential etwas anhaben könnte?" Während Maus diese Worte sprach, verbeugte er sich demütig vor Heinz. „Ach, Ihr seid ziemlich schlau." Aus der jungenhaften Stimme wurde plötzlich eine dunkle Greisenstimme. *„Einfaches töten ist eine Aufgabe für einen Narren. Die wahren Gefahren des Nichts sind Vorurteile, leichtfertiges Vertrauen, STOLZ."* Mit dem letzten Wort wurde Maus zu einem Geist, der mindestens doppelt so groß wie Heinz war. *„Bleibt wachsam, Magier. Wirkliche Prüfungen enden niemals."* Dann löste sich der Stolz vor Heinz auf. Das Letzte, was Heinz noch sah, war der Boden, der immer näher kam.

Asker

„Seid Ihr in Ordnung?" Irgendwoher hörte Heinz eine Stimme. „Bitte, so sagt doch etwas."

Woher kam diese Stimme? Wieso war alles so dunkel und was waren das für Schmerzen? Als er versuchte die Augen zu öffnen, schien sich alles um ihn zu drehen. Dann endlich sah er, woher die Stimme kam. Vor ihm stand sein Freund Leandro. Heinz selbst lag in einem der Stockbetten im Schlafsaal. Die Betten im Schlafsaal waren so aufgestellt, dass sie ein Sechseck bildeten. Er hatte es also geschafft. Nur wer die Läuterung bestanden hatte, kam in diesen Schlafsaal. Elf Betten waren belegt. Einer fehlte also noch. Aber es schien außer Frage zu sein, wer als Nächster die Läuterung durchlaufen musste. Immerhin stand Leandro jetzt vor ihm.

„Ich bin es, Leandro. Ihr müsst ruhig sein. Versucht Euch zu entspannen" sagte Leandro. „Ich bin froh das es Euch gut geht. Sie hatten Euch heute Morgen hier hereingetragen. Ich hatte in unserem Schlafsaal auf Euch gewartet. Kein Auge habe ich zugetan, da ich nicht wusste was mit Euch passiert war. Ich habe von Schülern gehört, die von der Läuterung nicht zurückgekommen sind. Ist sie wirklich so gefährlich? Wie war es?" Heinz versuchte erst einmal, zu sich zu kommen, bevor er antwortete.

„Es war eine Prüfung meiner Fähigkeiten – sonst nichts" erwiderte Heinz.

„Es muss mehr dahinter stecken" meinte Leandro. „Sonst würden sie den Schülern sagen worum es geht. Ich weiß, ich darf es nicht wissen, aber … wir sind befreundet. Ein kleiner Hinweis, dann frag ich bestimmt nicht weiter" drängte Leandro nun.

„Ich musste das Nichts betreten" versuchte Heinz so beiläufig wie nur möglich, zu sagen.

„Wirklich?" Leandro sah verwundert und leicht enttäuscht aus. „Sonst nichts?"

„Ja" meinte Heinz. „Viel mehr ist da nicht."

„Und jetzt dürft Ihr hier oben im Saal der zwölf schlafen. Hoffentlich gelingt mir das auch" sprach Leandro sehnsuchtsvoll.

„Sie holen euch zu dieser Prüfung, wenn Ihr bereit seid, Leandro. Seht doch, ein Bett ist noch frei" versuchte Heinz ihm Hoffnung zu machen.

„Ich bin schon viel länger hier als Ihr, Heinz" schmollte Leandro. „Ich bin schon lange bereit, aber sie holen mich einfach nie. Ich fürchte sie wollen nicht, das ich die Prüfung ablege. Man macht die Läuterung oder das Ritual der Besänftigung oder man stirbt, so sieht es aus." Bei den letzten Worten senkte Leandro seinen Blick.

Heinz warf nochmal einen Blick auf das leere Bett und konnte einfach nicht glauben, dass Leandro nicht zur Läuterung gehen sollte. Immerhin müssen es doch immer zwölf sein.

„Sie werden Euch nicht töten, Leandro. Ihr werdet einer der größten Magier" meinte Heinz.

„Vielleicht werden sie mich nicht töten, aber das Ritual der Besänftigung ist genauso schlimm, wenn nicht noch schlimmer. Ihr habt doch schon Besänftigte im Turm gesehen. Schaut euch doch Acrune an, der den Lagerraum verwaltet. Er wirkt so kalt. Nein nicht mal kalt. Da ist – gar nichts. Wie ein Toter der herumläuft. Seine Stimme und sein Blick sind ohne Leben." Leandros Stimme wurde immer leiser.

„Ich denke, dass Ihr das Ganze ein wenig überbewertet" erwiderte Heinz.

„Entschuldigt" meinte Leandro, „Ich wollte damit nicht Eure Zeit vergeuden. Eigentlich sollte ich Euch nur sagen dass Ihr zu Pendrax kommen sollt, sobald Ihr aufwacht."

Heinz bedankte sich für die Information und machte sich dann auf den Weg zu Pendrax.

Hinter dem Schlafsaal lag die Schülerbibliothek, die er durchqueren musste. Die Wände schienen nur aus Regalen zu bestehen und in jedem Regal standen hunderte von Büchern. Wenn man sich das anschaute, konnte einem schon schwindlig werden. Endlich hatte Heinz das Zentrum des Turms erreicht. Von hier gingen viele Treppen nach oben und nach unten. Einige Treppen schienen einfach ins Leere zu gehen. Heinz ging auf eine Steintreppe zu, die ins Leere zu führen schien. Die Stufen waren ausgetreten und es gab auch kein Geländer. Doch sobald Heinz die erste Stufe betrat, verschwanden alle Löcher und Unebenheiten auf der Treppe, sogar ein schmiedeeisernes Geländer erschien an beiden Seiten der Treppe. Heinz atmete erleichtert auf. Er wurde früher schon öfter zu Pendrax gerufen. Meistens hatte er dann aber etwas angestellt. Zu diesen Zeiten wurde die Treppe ziemlich unwegsam und sie schien kein Ende nehmen zu wollen. Heute sah alles gut aus. Es schien so, als ob heute viel weniger Stufen zu bewältigen waren, bis die Türe erschien. Heinz legte seine Zeigefinger auf die Augen des Drachenkopfes, der den Türknauf darstellte. Aus dem Drachenmaul kam ein kleines Rauchwölkchen, dann öffnete sich die Türe. Ein Templer stand bei Pendrax.

„Viele sind bereits in Antagoras - Phusudus, Apemon und die meisten Oberverzauberer. Wir haben diesem Krieg schon viele von uns überstellt" sagte der Templer.

„Von euch" wunderte sich Pendrax. „Seit wann fühlt Ihr Euch Magiern so verbunden, Wilmort? Oder fürchtet Ihr nur, die Magier aus der Aufsicht der Kirche zu entlassen, wo sie ihre vom Schöpfer verliehenen Kräfte wirklich einsetzen können?"

„Wie könnt ihr andeuten" setzte Wilmort zu einer Erwiderung an, als er von einer Person unterbrochen wurde, die hinter Pendrax stand.

„Meine Herren, bitte. Ihr habt Besuch bekommen."

Heinz trat ein. „Ihr habt nach mir geschickt?"

„Ah, der neueste Bruder in unserem Zirkel. Komm nur Kind." Pendrax winkte Heinz zu sich heran.

„Das ist" begann der Fremde, worauf Pendrax freudig erwiderte: „Ja, das ist er."

„Nun, Pendrax" sagte Wilmort „Ihr seid augenscheinlich beschäftigt. Wir reden später weiter." Mit diesen Worten ging Wilmort an Heinz vorbei und verließ den Raum.

„Natürlich" erwiderte Pendrax. „Also, wo war ich? Ach ja, das ist Asker von den Tempelwächtern."

„Habt Ihr mich deshalb kommen lassen" wollte Heinz wissen.

„Da ist noch etwas" erwiderte Pendrax. „Aber erst möchte ich, dass ihr Asker kennen lernt. Ihr habt ja sicher von dem Krieg gehört, der sich im Süden zusammenbraut. Asker rekrutiert Magier für die Armeen des Königs von Antagoras."

Davon hatte Heinz allerdings noch nichts gehört. Natürlich gab es im Turm immer irgendwelche Gerüchte, dass die Elite der Magier zu den Tempelwächtern kam, aber Genaues hatte Heinz darüber nie erfahren.

„Gegen wen kämpfen wir?" wollte Heinz deshalb wissen. Es war Asker, der ihm die Antwort gab.

„Die Bedrohung durch die Uedkult im Süden wächst. Wir brauchen jede Hilfe, die wir kriegen können."

„Die Uedkult sind doch ein Problem der Zwerge" meinte sich Heinz zu erinnern. „Was haben wir damit zu tun?"

„Eine Horde von Ihnen hat sich in der Recknor-Wildnis formiert und droht das Tal nördlich davon anzugreifen. Wenn wir sie nicht zurückschlagen, befürchte ich eine neue Verderbnis."

„Asker" lenkte Pendrax ein, „Ihr verstört den Jungen mit Euren Uedkult und der Verderbnis. Heute ist für ihn ein Festtag."

„Wir leben in schwierigen Zeiten mein Lieber" rechtfertigte sich Asker.

„Dennoch sollten wir uns ein wenig Leichtfertigkeit gönnen" meinte Pendrax. „Vor allem in schwierigen Zeiten. Die Läuterung ist überstanden. Euer Phylaterion wurde nach Donnere geschickt" wandte sich Pendrax jetzt an Heinz. „Ihr gehört jetzt offiziell als Magier zum Zirkel der Magi."

Heinz verbeugte sich leicht. „Danke, Erster Verzauberer."

Asker schaute verwirrt zu Pendrax. „Verzeihung, aber was ist ein Phylaterion?"

„Allen Schülern wird am Tag ihrer Ankunft Blut abgenommen" erklärte Pendrax. „Und in speziellen Töpfchen aufbewahrt."

„Damit man sie jagen kann, sollten sie abtrünnig werden" ergänzte Heinz.

„Wir haben keine andere Wahl" rechtfertigte sich Pendrax. „Die Begabung der Magie erregt Misstrauen und Furcht. Wir müssen beweisen, dass wir mit unserer Macht verantwortungsbewusst umgehen können. Ihr habt es bewiesen" wandte sich Pendrax jetzt wieder an Heinz. „Ich übergebe Euch Eure Robe, einen Stab und ein Siegel mit den Insignien des Zirkels. Tragt es mit Stolz, denn Ihr habt es Euch redlich verdient."

Pendrax legte Heinz eine Robe um die Schulter und reichte ihm einen Stab. Dann ging Heinz runter auf sein rechtes Knie, damit Pendrax ihm das Siegel des Zirkels umhängen konnte. Danach flüsterte Heinz ehrfurchtsvoll „Danke."

„Selbstverständlich dürft Ihr mit Niemandem über die Läuterung sprechen, der dieses Ritual nicht selbst schon durchlaufen hat" wechselte Pendrax das Thema. „Nun denn" meinte Pendrax „ruht euch aus oder lest in der Bibliothek. Genießt den Tag, denn dieser Tag gehört Euch."

„Das werde ich tun" erwiderte Heinz.

Auch Asker verabschiedete sich. „Ich gehe zurück auf mein Zimmer."

„Gut" meinte Pendrax und schaute Heinz an. „Würdet Ihr bitte so nett sein und Asker zurück auf sein Zimmer begleiten?"

„Es wäre mir eine Freude" sagte Heinz.

„Entschuldigt mich nun" sagte Pendrax. „Ich habe etwas mit Wilmort zu besprechen."

Heinz verließ mit Asker das Büro durch eine Türe, die sich nun an der Ostwand abzuzeichnen begann. Die Türe führte direkt in den Ostflügel des Turms, wo man ein Quartier für Besucher eingerichtet hatte. „Wie viele Magier haben sich der Armee des Königs angeschlossen" wollte Heinz von Asker wissen.

„Nach dem Aufruf des Königs hat der Zirkel aus Elender lediglich sieben Magier nach Antagoras entsandt. Ich habe König Dewitt gebeten herzukommen, um beim Zirkel nach einer größeren Abordnung nachzufragen" meinte Asker.

„Wie viele Magier würdet Ihr den brauchen" fragte Heinz.

„Ich hätte gerne in jeder Einheit ein oder zwei Magier" versuchte Asker zu erklären. „Aber mit sieben ist das nicht möglich. Die Magier werden in dieser Schlacht den Ausgang entscheiden. Die Uedkult sind selbst magiebegabt. Wir müssen ihnen darin überlegen sein."

Jetzt erwachte der Abenteuergeist in Heinz. „Glaubt Ihr, ich könnte mich der Armee anschließen?"

„Das weiß ich nicht" gab Asker die Frage an Heinz zurück. „Glaubst du es?"

„Ja" meinte Heinz. „Ich wäre sicherlich eine Hilfe."

„Dann werde ich später mit Pendrax darüber sprechen" versprach Asker. „Die Uedkult sind eine größere Bedrohung als Blutmagier oder andere Abscheulichkeiten. Die Welt braucht Jahrzehnte um sich von einer Verderbnis zu erholen, das müsste die Kirche doch erkennen. Wir müssen alles tun um die Uedkult zu besiegen. Ach," begann Asker nun zu lachen. „Hör dir das an. Ein schwadronierender alter Mann. Sicher nicht sehr interessant."

„Aber nein" meinte Heinz. „Es war wirklich sehr interessant, aber ich sollte nun gehen."

Gebunden durch Blut und Magie

Als Heinz aus dem Gästequartier auf den Flur trat, kam ihm Leandro entgegen. „Gut das ich Euch erwische" flüsterte Leandro. „Ist Euer Gespräch mit Pendrax beendet?"

„Für den Moment schon, denke ich zumindest" meinte Heinz.

„Ich muss mit Euch reden" flüsterte Leandro wieder, während er sich umsah. „Erinnert Ihr Euch an unser Gespräch heute morgen?"

„Warum flüstert Ihr" wollte Heinz wissen. „Das ist sehr verdächtig."

„Pscht" machte Leandro. „Ich will nur sichergehen, dass uns niemand belauscht. Wir sollten woanders hingehen. Hier zu reden ist nicht sicher."

„Langsam beunruhigt Ihr mich, Leandro" sagte Heinz und schaute Leandro dabei nachdenklich an.

„Ich sorge mich" meinte Leandro. „Ich erkläre es Euch. Kommt bitte mit mir."

Gemeinsam gingen sie durch die Bibliothek zur Mitte des Turms. Dort ging Leandro auf eine Holztreppe zu. Da heute kein besonderer Tag war, waren die Stufen grau. Diese Treppe änderte ihre Farbe an Feiertagen, da es sich um die Treppe zur Kapelle handelte. Als sie die Kapelle betraten, wartete eine Priesterschülerin auf sie. Sie trug ein weißes Kleid mit einem roten Gürtel. Ihre schulterlangen Haare waren fast genauso rot wie der Gürtel.

„Hier sind wir sicher" meinte Leandro und stellte sich neben die Priesterschülerin.

„Euch ist klar, dass hier eine Priesterin steht" versuchte Heinz zu scherzen.

„Keine Priesterin" erwiderte das Mädchen. „Ich bin nur eine Anwärterin."

„Wer seid Ihr" wollte Heinz nun wissen.

„Vor einigen Monaten sagte ich dir doch, ich hätte ein Mädchen kennengelernt" sagte Leandro. „Das ist Selma."

„Mein Beileid, Selma" feixte Heinz.

„Sehr witzig" fauchte Leandro.

„Also, was soll das Ganze" verlangte Heinz nun zu wissen.

„Ich vermutete doch, dass sie mich nicht bei der Läuterung wollen" begann Leandro zu erklären. „Ich weiß jetzt warum. Sie werden aus mir … einen Besänftigten machen. Sie werden mir alles nehmen was mich ausmacht. Meine Träume, Hoffnungen, Ängste – meine Liebe zu Selma, alles ist fort."

„Aber, wenn Ihr nichts empfindet" versuchte Heinz ihn zu trösten, „werdet Ihr auch keine Trauer empfinden."

„Macht es das nicht noch viel schlimmer" meinte Selma. „Nicht zu wissen wieviel man verloren hat?"

„Sie werden meine Menschlichkeit auslöschen" gab Leandro zu bedenken. „Ich werde eine Hülle sein, die atmet und existiert, aber ein Leben ist das nicht."

Heinz konnte sich einfach nicht vorstellen, dass man Leandro wirklich besänftigen wollte. „Das kommt schon wieder in Ordnung" sagte er deshalb.

„Nein" protestierte Leandro. „Kommt es nicht. Ich werde Selma den Schmerz ersparen, mich so sehen zu müssen."

„Also" wollte Heinz wissen. „Was habt Ihr jetzt vor?"

„Ich muss fliehen" erklärte Leandro. „Ich muss mein Phylaterion zerstören, dann können sie mich nicht mehr aufspüren. Wir brauchen Eure Hilfe. Alleine schaffen Selma und ich das nicht."

„Versprecht uns Eure Hilfe" sprach nun auch Selma. „Dann weihen wir Euch in unseren Plan ein."

Heinz musste erst überlegen, bevor er antwortete. „Was bekomme ich dafür, wenn ich euch helfe?" Heinz wusste, dass alles seinen Preis hat. Warum sollte er sich also in Gefahr begeben, ohne eine Gegenleistung zu erhalten?

„Die Befriedigung einem Freund zu helfen" antwortete Leandro. „Das gute Gefühl, großes Unrecht verhindert zu haben."

Selma wusste, dass das Heinz nicht ausreichen würde. „Dort unten sind nicht nur Phylaterien. Helft uns und Ihr könnt die Artefakte dort mitnehmen."

„Seid ihr es nicht Leid, das der Zirkel über Euer Leben bestimmt" meinte Leandro noch. „Ihr könntet mit uns von hier fliehen."

„Mein Phylaterion wurde nach Donnere gebracht" meinte Heinz. „Ich wäre immer noch gefangen."

„Ihr wäret längst verschwunden" meinte Leandro, „bevor sie auch nur einen Boten zur Stadt schicken könnten. Ihr seid begabt und klug. Wenn Ihr wollt, könnt Ihr Euer Phylaterion auch Euren Gegnern abnehmen. Ihr habt die Macht dazu. Sobald Ihr frei wärt, könnten sie Euch nicht mehr aufhalten."

Heinz war sich nicht mehr ganz sicher, was er wirklich wollte. Natürlich wollte er Leandro retten. Leandro war sein erster und bester Freund in diesem Turm. Seit Heinz in diesem Turm war, hat sich Leandro um ihn gekümmert. Andererseits wollte Heinz auch gerne in die Armee des Königs eintreten. Sollte Heinz flüchten oder dabei erwischt werden, wie er Leandro zur Flucht verhalf, würde er niemals zur Armee gehen können.

„Ich brauche Zeit um darüber nachzudenken" sagte Heinz deshalb.

„Das ist nur fair" sagte Selma. „Aber gebt uns bitte bald Bescheid, denn die Zeit wird knapp."

Heinz war sehr verwirrt. Er verließ die Kapelle und irrte ziellos im Turm umher. Jetzt, wo er die Chance hatte, vielleicht ein Tempelwächter zu werden, sollte er Leandro bei seiner Flucht helfen? Wenn man ihn dabei erwischen würde, wäre der Traum des Tempelwächters ausgeträumt. Vielleicht würde Heinz sogar besänftigt werden. Nachdenklich betrat Heinz eines der Studierzimmer, die rund um die Bibliothek waren. An dem Tisch saß Pendrax.

„Heinz, habt Ihr Asker in sein Zimmer gebracht?" wurde Heinz gleich angesprochen.

„Natürlich, erster Verzauberer" erwiderte Heinz.

„Ich bin froh, dass Ihr ihn getroffen habt" sagte Pendrax. „Ein überaus ehrenwerter Mann."

Nun, da Heinz jetzt schon bei Pendrax war, sollte er vielleicht doch lieber die Fluchtpläne von Leandro aufdecken.

„Ich muss mit Euch über etwas reden" begann Heinz.

„Sicher" erwiderte Pendrax. „Was habt Ihr auf dem Herzen?"

„Leandro hat mir erzählt, dass er zu einem Besänftigten gemacht werden soll" sagte Heinz.

„Und woher will er das wissen" fragte Pendrax. „Wahrscheinlich hat ihm das die junge Anwärterin erzählt, mit der er herumschäkert. Dachtet Ihr ich weiß das nicht? Heinz, man wird nicht erster Verzauberer, wenn man Augen und Ohren verschließt."

Das machte die Sache nun einfacher. Wenn Pendrax sowieso schon so viel wusste, dann war es nur eine Frage der Zeit, bis er herausfand, das Leandro fliehen wollte.

„Dann solltet Ihr erfahren, dass Leandro plant aus dem Zirkel zu fliehen" kam es Heinz nun schon leichter über die Lippen.

„Hochinteressant" meinte Pendrax darauf. „Was wisst Ihr noch?"

Jetzt konnte Heinz versuchen, etwas für sich herauszuschlagen, weshalb er mit einer Gegenfrage antwortete. „Erhalte ich eine Belohnung, wenn ich Euch alles erzähle?"

„Eure Loyalität dem Zirkel gegenüber ist mir wichtig" erwiderte Pendrax. „Sagt mir was Ihr wisst und Eure Aufrichtigkeit wird nicht vergessen werden."

„Leandro hat mir erzählt, dass er sein Phylaterion zerstören will" erzählte Heinz.

„Und seine Freundin ist wohl auch beteiligt" schloss Pendrax. „Ja, sie muss ihm helfen. Sie weiß mehr über die Kammern als Leandro. Wisst Ihr sonst noch etwas?"

„Nein" erwiderte Heinz. „Ich bin sofort zu Euch gekommen."

„Ich dachte mir schon, dass Selma ihm davon erzählt, sobald sie es erfuhr" meinte Pendrax. „Aber ich hätte nicht gedacht, dass sie die Frechheit besäßen in die Kammern einzubrechen."

„Was sollen wir nun tun" wollte Heinz wissen.

„Wenn wir ihn Wilmort melden, verhindern die Templer nur, was bereits geplant ist" überlegte Pendrax. „Wenn der Zirkel einen der seinen bestrafen muss sorge ich dafür, dass es der Kirche nicht besser ergeht. Selma kommt nicht davon, wenn mein Schüler leiden muss."

„Selma will doch nur den Mann retten, den sie liebt" versuchte Heinz zu einzulenken.

„Und bricht dabei jedes Gelübde, dass sie je abgelegt hat!" Jetzt war Pendrax ernsthaft verärgert.

„Worauf wollt Ihr hinaus?" Heinz verstand nun gar nichts mehr. Aber das war ja auch kein Wunder, da Heinz ja nichts über die Gelübde der Priesterinnen wusste.

„Wenn wir erwähnen, dass sie beteiligt war" versuchte Pendrax zu erklären, „behauptet die Kirche, das Selma von Leandro hintergangen worden wäre. Nein! Sie muss auf frischer Tat ertappt werden."

„Ihr habt Recht" erkannte Heinz. „Die Kirche würde an unserer Stelle genauso handeln."

„Wenn Ihr überleben wollt, müsst Ihr die Regeln lernen und begreifen, dass Opfer manchmal notwendig sind" sagte Pendrax nun wieder etwas ruhiger. „Leandro wird zum Besänftigten, aber Selma soll die Konsequenz ihrer Tat tragen. Wie habt Ihr von ihrem Plan erfahren? Trauen sie Euch?"

„Leandro hat mir gesagt was sie vorhaben, aber den Plan kenne ich nicht" erwiderte Heinz.

„Dann macht folgendes" forderte Pendrax nun von Heinz. „Bringt den Plan in Erfahrung und bietet ihnen Eure

Hilfe an. Wenn die Beweise für ihre Verbrechen unwiderlegbar sind, können wir handeln."

„Ich werde tun was Ihr verlangt" sagte Heinz.

„Geht. Überzeugt sie das Ihr alles tun würdet um ihnen zu helfen. Ich warte vor den Kammern mit einigen Templern. Sie sollen sehen, in welche Lage ihre Anwärterin unseren Schüler gebracht hat. Im Erfolgsfall wird Eure Hingabe belohnt werden."

Nach diesen Worten wandte sich Pendrax wieder seinen Studien zu. Heinz verließ das Studierzimmer und ging zurück in die Kapelle.

Leandro und Selma warteten schon auf Heinz.

„Werdet Ihr uns helfen" wollte Leandro nun wissen.

„Ihr habt mein Wort" sagte Heinz mit festem Überzeugungston. „Ich helfe euch."

„Danke" sagte Selma und machte einen leichten Knicks. „Das vergessen wir Euch nie."

„Sagt mir Euren Plan und sputet euch" wandte sich Heinz an Selma.

„Ich kann uns in die Kammern bringen" begann Selma. „Aber es gibt da ein Problem. Die Tür zur Kammer der Phylaterien hat zwei Schlösser. Der erste Verzauberer und der Kommandant haben jeweils einen Schlüssel. Aber es ist nur eine Tür. Mit der versammelten Macht hier könnte man ganz Elender zerstören. Was ist schon für einen Magier eine Tür?"

„Und wenn es eine magische Tür ist" wandte Heinz ein.

„Wir haben keine Wahl" antwortete Leandro. „Beide Schlüssel werden wir nicht bekommen. Ich habe mal gesehen, wie ein Feuerstab ein Schloss geschmolzen hat.

Ihr könntet einen aus dem Lagerraum holen. Denn an Schüler gibt Acrune solche Gegenstände nicht heraus."

„Ich gehe zum Lager und besorge den Stab" erwiderte Heinz fest entschlossen.

„Wir sollten hier bleiben" meinte Selma. „Ein Magier verursacht im Lagerraum weniger aufsehen, als ein Magier, ein Schüler und eine Kirchenangehörige."

„Ich bin bald wieder da" sagte Heinz und machte sich auf den Weg.

Heinz verließ die Kapelle und stieg die Treppe hinunter. Er war sich nicht mehr sicher, welche Treppe zu den Lagerräumen führte. Als Schüler durfte man ja auch nicht zu den Lagerräumen, aber natürlich hatten sie immer die Magier beobachtet. Es konnte eigentlich nur die schwarze Treppe mit dem roten Geländer sein oder war es doch die rote Treppe mit dem schwarzen Geländer? Heinz entschied sich für die schwarze Treppe.

Am Ende der Treppe war ein großer Raum. Der Raum war ca. 4 Meter breit, aber bestimmt mehr als 20 Meter lang. Die Treppe führte Heinz direkt in die Mitte des Raumes, vor einen Tresen. Dahinter stand eine junge Frau. Hinter ihr war eine in Fels gehauene Tür. Dem Aussehen nach musste die Frau wohl zum Volk der Feen gehören. Sie war sehr schlank und hatte spitze Ohren. Ihr goldenes Haar war hinten zusammengebunden. Das Gewand, das sie trug, sah aber nicht wie das Gewand einer Priesterin aus. Sollte es etwa doch weibliche Magier geben? Bisher hatte Heinz immer geglaubt, dass nur Jungen in der Magie ausgebildet würden.

„Was kann ich für Euch tun" sprach ihn die junge Frau an.

„Was ist das für eine Türe hinter Euch" wollte Heinz wissen.

„Die führt in das Höhlenlager des Zirkels" antwortete die junge Frau. „Der Fels, auf dem der Turm errichtet wurde ist nämlich von Höhlen durchzogen."

„Bewahrt Ihr dort auch Feuerstäbe auf?" Heinz schöpfte nun Hoffnung, dass er nicht zu Acrune gehen musste. Vielleicht konnte ihm ja hier sein Charme behilflich sein.

„Nein" antwortete die junge Frau etwas belustigt. „So etwas gibt es bei den Besänftigten. Dieses Lager enthält nur magische Rohmaterialien und alchimistische Substanzen – Lyrium, Basiliskenblut und so."

Das machte Heinz neugierig. „Kann ich die Höhle mal betreten" fragte er und setzte dabei ein gewinnendes Lächeln auf.

„Nein" erwiderte die junge Frau entsetzt. „Im Moment kann ich niemanden hinein lassen."

„Warum denn nicht" versuchte Heinz es noch einmal.

„Weil da" begann die junge Frau plötzlich zu stottern „da Dinge drinnen sind, die ich lieber unter Verschluss halte."

Heinz zog demonstrativ seine Robe etwas enger und setzte einen kritischen Blick auf. „Bestehlt Ihr etwa das Lager des Zirkels" fragte Heinz nun in mahnendem Tonfall.

„Nein" gab die junge Frau erschrocken zurück. „Natürlich nicht. Ich habe nur … ich … äh … ich bin gerade mitten in der Inventur, Warenbestand überprüfen. Und ich kann niemanden hinein lassen, denn er könnte alles durcheinander bringen. Jawohl."

„Warum seid Ihr dann hier draußen und nicht drinnen" bohrte Heinz nach.

„Weil ich … gerade eine Pause mache" versuchte sich die junge Frau herauszureden. „Ich hasse den Modergeruch in Höhlen. Ach, ich sage Euch die Wahrheit, aber Ihr müsst sie für Euch behalten. Die Höhlen werden von Spinnen heimgesucht. Ich weiß nicht wo sie herkommen, aber es ist vermutlich meine Schuld. Ich wurde erst vor knapp zwei Wochen zur Oberverzauberin befördert. Niemand soll davon erfahren, sonst halten mich alle für unfähig. Ich war so beschäftigt mit meinen neuen Pflichten, dass ich völlig vergaß die Spinnen zu beseitigen."

„Soll ich Euch als Kammerjäger dienen" bot Heinz mit einem charmanten Lächeln an.

„Wenn Ihr sie für mich beseitigt schulde ich Euch einen Gefallen" meinte die Oberverzauberin. „Einen Großen sogar."

„Schon gut" lächelte Heinz sie an. „Ich mache es."

„Wunderbar" freute sich die Oberverzauberin und gab Heinz einen Schlüssel. „Hier ist er Schlüssel. Seid bitte vorsichtig. Ich möchte den Schaden am Eigentum des Zirkels so gering wie möglich halten."

Schädlinge im Lager

Heinz nahm den Schlüssel und ging um den Tresen herum. Als Heinz den Schlüssel in das V-förmige Schlüsselloch steckte, erklang ein Geräusch, als ob Stein zerspringt. Die Türe war plötzlich verschwunden, so dass er eintrat. Vor ihm lag ein langer, finsterer Gang. An der linken Seite hing eine Fackel, die sich plötzlich von selbst entzündete. Heinz griff nach der Fackel, damit er auch tiefer in der Höhle Licht hätte. Doch gerade als Heinz die Fackel aus der Verankerung nahm, hörte er wieder das Geräusch von zerspringendem Stein und hinter Heinz war eine feste Wand, mit einem V-förmigen Loch. Mit festem Schritt setzte Heinz seinen Weg fort. Der Gang war uneben und er musste häufig Felsvorsprüngen ausweichen. Nach ein paar Metern kam er an ein paar Holzkisten vorbei, die an der Wand aufgestapelt waren. Eine davon lag zerbrochen neben den anderen Kisten. In der Kiste war wohl mal Lyrium gewesen, denn noch immer war etwas Lyriumstaub an den Brettern. Heinz holte einen Reagenzienbehälter aus seiner Tasche und wischte vorsichtig den restlichen Lyriumstaub hinein. Dahinter öffnete sich ein kleiner Platz an dessen Seiten Regale, Kisten und Truhen standen. In der Mitte des Platzes stand ein Schreibtisch mit vielen Pergamenten. Ein Blick auf den Schreibtisch sagte Heinz, dass dies der Arbeitsplatz der Oberverzauberin war. Die Pergamente waren lange Listen von Beständen, Ein- und Ausgängen und ähnlichen Sachen. Hier war eigentlich alles ganz sauber, zumindest waren keine Spinnen zu sehen. Heinz musste grinsen. Deshalb ging er tiefer in die Höhle hinein, bis er auf eine Gabelung traf. Spontan entschied sich Heinz dafür, nach links zu gehen. Der Gang war ziemlich unübersichtlich. Nach der ersten Kurve sah Heinz, wovor sich die Oberverzauberin fürchtete. Vor ihm stand eine Spinne, die so groß war, dass sie ihm bis zu den Knien reichte. Heinz rannte auf die Spinne zu und sprang. Er sprang so gezielt, dass er mit dem rechten Fuß zwischen den Augen der Spinne landete. Von dort sprang Heinz auf ihren Rücken und schlug ihr mehrfach mit der Faust zwischen die Augen. Die Spinne hatte gar keine Chance sich zu wehren. Nach ein paar Schlägen sackte die Spinne zusammen und bewegte sich nicht mehr. Heinz sprang von ihr herunter, zündete die Spinne mit der Fackel an und setzte seinen Weg fort. Hinter der Spinne schien der Gang endlos weiter zu gehen. Nach ungefähr fünf Minuten erreichte Heinz eine Kreuzung. Vor ihm und links von ihm waren zwei große Plätze. Rechts von ihm ging der Weg weiter. Doch bevor sich Heinz entscheiden konnte, in welche Richtung er gehen sollte, kam eine Spinne auf ihn zu. Heinz zielte mit seiner Hand auf die Spinne und ließ eine Serie von Blitzen auf sie los. Die Spinne fiel tot um, doch hatten die Blitze weitere Spinnen angelockt, die sich wohl vorher auf den dunklen Plätzen befunden hatten. Deshalb blieb Heinz in dem Gang stehen. Solange er in dem Gang stand, konnten sie sich ihm nur einzeln nähern. So hatte er die Chance, eine nach der anderen mit seinen Blitzen zu töten, bevor sie ihn erreichte. Doch plötzlich lies sich hinter ihm eine Spinne von der Decke hinunter. Bevor Heinz die Spinne bemerkte, schoss die Spinne einen Faden auf ihn. Heinz konnte sich auf einmal nicht mehr bewegen und die anderen Spinnen kamen immer näher. Heinz versuchte die Fackelhand zu bewegen, um die Spinnenfäden zu verbrennen. Langsam löste er seine Finger von der Fackel und sie kippte immer weiter in seine Richtung. Nachdem Heinz es geschafft hatte die unteren drei Finger von der Fackel zu lösen, kippte sie endlich vollständig um und die Spinnenfäden, die ihn umschlossen fingen Feuer. Schnell hob er die Fackel wieder auf und hielt sie waagerecht von sich weg, während er sich einmal im Kreis drehte. Die Spinnen wichen vor dem Feuer zurück. Jetzt schoss Heinz schnell mit seiner anderen Hand noch ein paar Blitze auf die Spinnen ab, bis sie alle tot am Boden lagen. Ein Blick auf die beiden Plätze sagte Heinz, dass dort keine Spinnen mehr waren, weshalb er dann rechts auf dem Weg weiter ging.

Nach ein paar Metern kam eine weitere Spinne hinter einer Biegung hervor. Heinz schoss einen Blitz ab und schaute schnell nach oben, ob dort nicht auch noch Spinnen wären. Da er dort aber keine weitere Spinne sah, feuerte Heinz wieder eine Blitzsalve auf die Spinne ab. Als die Spinne tot zusammenbrach, musste sich auch Heinz erst einmal setzen. Irgendwie hatte sich Heinz die Spinnenjagd leichter vorgestellt und nicht so kräfteraubend. Eigentlich hatte er ja auch mit kleinen Tierchen gerechnet und nicht mit solchen Monsterspinnen. Heinz holte eine Feldflasche hervor und nahm erst einmal einen Schluck. Danach verstaute Heinz die Feldflasche wieder und stand auf. Heinz hatte keine Ahnung, wie viele Gänge dort unten waren und wie viele Spinnen sich dort noch herum trieben. Doch hatte er nun mal versprochen die Spinnen zu beseitigen, also musste er jetzt weitergehen. Diesmal nahm Heinz seinen Stab vom Rücken und trug ihn in der anderen Hand. Mit Fackel und Stab gerüstet setzte Heinz seinen Weg fort. Heinz war noch nicht weit gegangen, als er von der nächsten Spinne angegriffen wurde, die er mit ein paar kräftigen Stabschlägen tötete. Der Weg schien sich jetzt immer öfter zu gabeln. Heinz lauschte, ob er irgendwo Spinnengeräusche hörte, um dann in dieser Richtung weiter zu gehen. Auch die Spinnen kamen jetzt immer häufiger und sie schienen zunehmend aggressiver zu werden. Als Heinz sich umsah, sah er zu seiner Rechten einen Gang, der auf einem großen Platz endete. Dieser Platz war voll mit Spinnennetzen, auf denen wohl hunderte von Spinnen umherliefen. Heinz wusste, dass er gegen so viele Spinnen mit seinen magischen Fähigkeiten nichts ausrichten könnte. Deshalb nahm Heinz die Fackel und warf sie in eins der

Netze. Das Netz brannte sofort lichterloh und die Spinnen darin hatten keine Zeit zu fliehen. Schnell wirkte Heinz einen Schutzschild um sich. Der Schutzschild nahm die ganze Breite des Ganges ein, so dass keine Spinne an Heinz vorbei kam. Nun ging Heinz immer weiter vorwärts und stieß dabei die Fackel vor sich her. Ein Netz nach dem Anderen fing Feuer. Da die Spinnen nicht fliehen konnten, wurden sie alle vom Feuer verbrannt. Als auch die letzte Spinne verbrannt war, löste Heinz den Zauber. Vollkommen erschöpft brach er zusammen und fiel in einen tiefen Schlaf. Es musste schon mehr als eine Stunde vergangen sein, als Heinz wieder aufwachte. Heinz schaute sich um und stellte fest, dass das Nest ganz in der Nähe des Hauptgangs war. Schnell lief Heinz den Gang entlang bis zu der Wand mit dem V. Dort steckte er den Schlüssel hinein, worauf Heinz wieder das zerspringen von Stein hörte und die Wand vor seinen Augen verschwand. Die Oberverzauberin sortierte gerade etwas am Tresen, als Heinz die Höhle verließ.

„Oh, Ihr seid schon zurück" sagte die Oberverzauberin. „Sind alle Spinnen fort?"

„Ich habe die Plage beseitigt" erwiderte Heinz.

„Wirklich" jauchzte die Oberverzauberin. „Das ist wunderbar. Ihr habt mich regelrecht gerettet. Ich schulde Euch einen Gefallen. Wann immer Ihr etwas braucht, ich bin hier."

„Und haltet das krabbelnde Kroppzeug fern" grinste Heinz.

„Genau" lachte die Oberverzauberin zurück. „Ich halte das Kroppzeug fern."

Das Phylaterion

Heinz ging wieder zurück zur Türe und die Treppe hinunter. Als er wieder im Treppenraum angekommen war, nahm er diesmal die rote Treppe mit dem schwarzen Geländer. Diesmal landete er im richtigen Raum.

„Herzlich Willkommen im Lager für magische Gegenstände. Mein Name ist Acrune. Was kann ich für euch tun?" Mit diesen Worten kam Acrune Heinz entgegen.

„Ich brauche einen Feuerstab" sprach Heinz.

„Feuerstäbe dienen vielen Zwecken" sagte Acrune. „Wozu benötigt Ihr diesen speziellen Gegenstand?"

„Warum müsst Ihr das wissen" wunderte sich Heinz.

„So lauten die Bestimmungen" gab Acrune mit sonorer Stimme zurück.

„Wofür kann man die Stäbe denn verwenden" wollte Heinz nun wissen.

„Manche Magier benötigen sie für ihre Forschung" sagte Acrune weiter. „Andere benötigen sie zum Entfachen eines Kaminfeuers."

„Ich werde ein Kaminfeuer entfachen müssen" entschied sich Heinz.

„Ich halte fest, dass Ihr den Stab für eine persönliche Angelegenheit benötigt" sprach Acrune und drückte Heinz ein Pergament in die Hand. „Hier ist das Formular. Antrag auf einen Feuerstab. Ein Oberverzauberer muss ihn datieren und unterschreiben. Ich händige Euch den Stab aus, sobald Ihr mir den unterschriebenen Antrag bringt."

Heinz nahm den Antrag und überlegte, wo er jetzt einen Oberverzauberer auftreiben könnte, der ihm diesen Antrag unterschreiben würde. Da fiel Heinz ein, dass doch die Frau, für die er die Spinnen beseitigt hatte, eine Oberverzauberin war. Und er hatte noch einen Gefallen bei ihr gut. Heinz lief wieder die Treppe runter und die andere Treppe hinauf. Mit schnellem Schritt ging Heinz auf die Oberverzauberin zu.

„Schön Euch wieder zu sehen" begrüßte die Oberverzauberin Heinz.

„Ihr schuldet mir noch einen Gefallen" begann Heinz. „Wie wäre es mit einer Unterschrift?"

Die Oberverzauberin nahm den Antrag und las ihn sorgfältig durch. „Ein Feuerstab" murmelte sie. „Warum nicht? Was kann schon passieren?" Schnell unterschrieb sie den Antrag und gab ihn Heinz zurück.

„Ausgezeichnet" rief Heinz aus. „Seid bedankt."

„Es war mir ein Vergnügen" erwiderte die Oberverzauberin. „Ihr werdet es im Zirkel sicher sehr weit bringen."

Schnell lief Heinz wieder zurück. Diese verdammten Treppen konnten einen schon wahnsinnig machen. Acrune kam wieder auf Heinz zu.

„Herzlich Willkommen im Lager für magische Gegenstände. Mein Name ist Acrune. Was kann ich für euch tun?"

„Hier ist der Antrag für den Feuerstab" sagte Heinz und reichte Acrune das Pergament.

Acrune warf einen kurzen Blick auf den Antrag und sagte: „Es scheint alles in Ordnung zu sein." Dann ging Acrune zu einem Schrank, griff hinein und holte einen Stab heraus. „Hier ist der angeforderte Stab" sagte Acrune und gab Heinz den Stab.

Heinz bedankte sich und lief wieder zurück zur Kapelle, wo schon Leandro und Selma auf ihn warteten.

„Ich hasse es zu warten" beschwerte sich Leandro. „Das macht mich nervös."

„Ich habe den Feuerstab" gab Heinz kurz zurück, ohne auf Leandros Äußerung einzugehen.

„Das ging ja schnell" sah Leandro nun ein.

„Dann jetzt schnell zu den Kammern" meinte Selma. „Die Freiheit wartet."

Gemeinsam verließen sie nun die Kapelle und gingen in den Treppenraum. Dort gab es eine sehr verfallen wirkende Treppe, die nach unten führte.

„Die Treppe müssen wir nehmen" sagte Selma und steuerte direkt darauf zu.

Die Treppe war lang und schlängelte sich in beide Richtungen immer weiter abwärts. Die Farbe des Lichtes veränderte sich stetig, bis es ein durchdringendes Rot annahm. Dann öffnete sich ihnen auch schon ein Gang, an dessen Ende sie eine große Doppeltüre sahen. Sie war weiß mit einem großen, roten Kreuz darauf, wie es die Templer auf ihren Umhängen tragen und einer roten Rune, die das Zeichen des Zirkels der Magi darstellte. Das Kreuz leuchtete und erfüllte den Raum mit seinem Licht, genauso wie die Rune. Langsam gingen die drei auf die Türe zu.

„Die Kirche nennt diesen Eingang, die Opfertür" sagt Selma. „Sie besteht aus 777 Brettern. Eines für jeden der ursprünglichen Templer. Sie soll an die Gefahren erinnern, an alle die den Fluch der Magie tragen. Die Tür kann nur von einem Templer und einem Magier geöffnet werden, die gemeinsam hineingehen. Die Kirche liefert die Parole, die den Mechanismus aktiviert und der Magier liefert das Mana, dass ihn dann auslöst."

„Also" meinte Heinz, „Was muss ich tun?"

„Nicht so schnell" meinte Selma. „Erst die Parole." Sie stellte sich vor die Tür und legte ihre Hand auf da Kreuz. Ein brennender Schmerz fuhr durch ihre Hand und ihr ganzer Arm schien zu glühen. „Schwert des Schöpfers. Tränen des Nichts" murmelte sie jetzt. Selma drehte sich zu Heinz um. „Die Türe ist nun vorbereitet. Jetzt muss die Berührung mit Mana folgen. Leg deine Hand auf die Rune und sprich irgendeinen Zauber" erklärte Selma jetzt.

Heinz ging auf die Tür zu und legte seine Hand auf die Rune. Auch er spürte jetzt einen brennenden Schmerz und auch sein Arm schien jetzt zu glühen. „Fulgere" sprach Heinz und ein Blitz löste sich aus seiner Hand. Das Kreuz und die Rune verblassten, bis die Türe ganz weiß war. Dann öffneten sich die Flügel und zeigten ein weiteres Stück vom Gang. Dieser Teil war in blaues Licht getaucht, dass von der nächsten Türe kam. Diese war komplett blau mit goldenen Sternen darauf, aber nicht die Sterne, sondern der Hintergrund leuchtete.

„Nehmt Euren Stab und schmelzt die Schlösser ein" sagte Leandro ganz aufgeregt.

Heinz zog den Feuerstab und richtete ihn gegen das erste Schloss der Türe. Ein gewaltiger Feuerstoß entlud sich aus dem Stab und traf sogar beide Schlösser, aber sonst passierte nichts. Heinz versuchte es noch einmal, aber mit dem gleichen Ergebnis. Selma berührte vorsichtig die Schlösser.

„Sie sind ganz kalt" sagte Selma. „So als ob gar kein Feuer sie berührt hätte. Was ist hier los?"

Heinz versuchte es noch einmal. Dann murmelte Leandro, der einen halben Meter von der Tür entfernt stand, ein paar Sachen vor sich hin, bevor er dann voller Entsetzen eine Feststellung treffen musste.

„Selma, hier stimmt etwas nicht. Ich kann hier keine Zauber wirken. Und der Feuerstrahl geht auch nicht bis zur Türe."

„Es muss an der Anordnung der Sterne liegen" meinte Selma. „Schaut nur. Die Sterne auf der Türe bilden verschiedene Sternbilder. Jedes dieser Sternbilder sieht aus wie eine Schutzrune. Das ist bestimmt das Werk der Templer. In diesem Bereich lassen sie jeden Zauber wirkungslos werden. Ich hätte es mir denken können. Warum benutzen Pendrax und Wilmort normale Schlüssel für die Tür? Weil Magische nicht funktionieren. Wie hält man einen Magier von etwas ab? Indem man seine Kräfte gänzlich unbrauchbar macht. Das war es dann. Wir sind am Ende. Wir kommen nicht rein."

Heinz schaute sich im Gang um und entdeckte eine schmutzige, alte Eisentüre an der rechten Wand.

„Wohin führt den die Türe dort drüben" wollte Heinz von Selma wissen.

„Ich weiß es nicht" antwortete Selma. „Glaubt Ihr, es ist ein zweiter Zugang?"

„Die Tür führt sicher zu einem anderem Teil der Kammern" meinte Leandro. „Doch wie wahrscheinlich ist es, dass sich dort ein weiterer Zugang befindet?"

„Wir könnten ja den ganzen Unsinn jetzt vergessen und einfach gehen" meinte Heinz.

„Nein" sagte Selma entschieden. „Wir kommen nicht in die Kammer, wie geplant. Doch deshalb geben wir nicht einfach auf. Wir können nachsehen wohin die Tür führt, aber dass wird sicher nicht leicht. Außerdem sieht sie verschlossen aus."

„An den Schlössern sollte der Stab aber funktionieren" sagte Heinz etwas verunsichert.

„Ja" meinte Selma. „Hoffentlich sind an der Tür nicht auch Schutzzauber."

„Kommt, beeilen wir uns" drängte Leandro. „Wir haben schon genug Zeit verschwendet. Ich gebe nicht auf. Wir sind schon zu weit gekommen."

Heinz ging zu der anderen Türe hin und hob wieder den Feuerstab. Diesmal berührte das Feuer auch die Türe und das Schloss fing an zu glühen. Mit einem Mal konnte man ein Klicken hören und die Türe öffnete sich. Doch hinter der Türe standen Wachen, die sofort angriffen. Heinz war von der Opfertüre noch etwas geschwächt. Jetzt wurden sie von drei, mit Schwertern und Lederpanzern ausgerüsteten Wächtern angegriffen. Ein ziemlich ungleicher Kampf, da Selma weder eine Waffe trug, noch Magie beherrschte. Heinz versuchte erst, den Feuerstab gegen einen Wächter einzusetzen, was aber nicht gelang. Deshalb begann Heinz wieder Blitze zu verschießen. Leandro schoss ein Stakkato von Eiskugeln aus seiner Hand. Ein Wächter traf Leandro mit dem Schwert am Bein. Leandro sackte zusammen. Da Heinz gerade seinen letzten Wächter erledigt hatte, drehte er sich zu Leandro um und schoss ein paar Blitze auf den Wächter bei Leandro. Der Wächter brach tot zusammen. Nun war der Weg endlich frei. Selma lief zu Leandro.

„Geht es dir gut? Lass mich mal dein Bein anschauen." Sie holte etwas Verbandszeug und eine Salbe hervor, womit Selma dann Leandros Bein behandelte.

„Das ist doch nur ein Kratzer" beschwerte sich Leandro.

„Jetzt halt schon still" sagte Selma. „Du willst doch nicht verbluten, bevor du fliehen konntest."

Leandro versuchte mit dem bandagierten Bein aufzutreten und verzog sein Gesicht vor Schmerzen. „Jetzt lasst uns schon weitergehen" meckerte Leandro und humpelte voraus. Selma nahm sich ein Schwert, das neben einem Wächter lag und folgte Leandro. Heinz ging als Letzter durch die Türe. Am Ende des Ganges stand eine Säule mit einem Buch darauf. Als Heinz darauf zulief, kamen links von der Säule drei Wächter die Treppe heruntergelaufen. Sie hatten ihre Schwerter gezückt. Auf den ersten Wächter schoss Heinz einen Blitz ab, während Selma hinter den Zweiten lief und ihn von dort erstach. Leandro setzte wieder seine Eiskugeln ein. Heinz ging zu dem Buch und warf einen Blick hinein. Dort stand ein Spruch für einen Schockzauber. Mit diesem Zauber konnte man mehrere Gegner auf einmal lähmen. Selbst wenn die Lähmung nur Sekunden anhielt, so konnte das doch einen großen Vorteil hier unten bedeuten. Heinz prägte sich den Spruch ein. Sie gingen weiter, die Stufen hinauf. Links von ihnen war eine Tür. Heinz legte seine Hand auf die Klinke. Die Tür war unverschlossen. Nach einem kurzen Blick erkannten sie, das nichts interessantes in dem Raum war. So gingen sie den Gang weiter, bis sie wieder an eine Treppe kamen. Doch vor der Treppe konnten sie einen Blick in einen großen Raum werfen, der auf der linken Seite war. Heinz konnte ein paar Bücherregale und eine polierte Holztruhe erkennen.

„Kommt" sagte er. „Lasst uns schauen ob etwas nützliches in der Truhe ist." Mit diesen Worten betrat er den Raum.

Als er sie öffnete, sah er eine Blitzrune.

„Wow! Dem Aussehen nach verstärkt sie meine Blitzangriffe gewaltig. Die werde ich auf alle Fälle mitnehmen."

„Sonst scheint sch hier aber nichts interessantes zu befinde" meinte Leandro.

„Also gut" sagte Heinz. „Lasst uns schauen wohin die Treppe führt."

So stiegen sie die Stufen immer weiter hinunter, bis sie vor einer Tür standen. Nachdem Heinz die Tür öffnete, kamen ihnen wieder Wächter entgegen. Diesmal waren sie vorbereitet. Heinz stand vorne, Selma links und Leandro rechts. Während Heinz den Schockzauber sprach schoss Leandro Eiskugeln ab und Selma sprang mit dem Schwert vor. Die Wächter hatten gar keine Chance, sich zu verteidigen.

„Der Schockzauber ist super" jubelte Heinz. „Jetzt kann uns keiner mehr aufhalten."

In dem Gang standen nur ein paar Fässer und Kisten herum. Leandro drängte zur Eile. Deshalb liefen sie durch den Gang, bis sie zur nächsten Tür kamen. Hier warteten schon drei Wächter. Heinz, Leandro und Selma formierten sich und überwältigten die Wächter schnell. Dann ging es im Zickzack weiter. Am Ende des Ganges gelangten sie in einen großen Raum. Einige Wesen, die aussahen wie eine Mischung aus Minidinosaurier und Maus, liefen auf sie zu.

„Oh nein, Tiefenlauerer" stöhnte Selma.

„Dann sind wir wohl die Kammerjäger" rief Leandro und schoss sofort ein paar Eiskugeln ab.

Im gleichen Augenblick sprang ein Tiefenlauerer direkt auf Selma zu. Sie konnte gerade noch zur Seite springen. Mit dem Schwert führte sie ein paar unbeholfene Hiebe aus.

Heinz schoss Blitze auf einen weiteren Tiefenlauerer, drehte sich dann um und unterstützte Selma.

„Danke. Das Biest hat mich wirklich überrascht."

„Kommt hier rüber" rief Leandro, der links von den Beiden stand. „Hier ist noch eine Tür."

Schnell liefen die drei durch die Tür. Selma schlug die Tür hinter ihnen zu, so dass keine Tiefenlauerer raus konnten. Doch es schien, als kämen sie vom Regen in die Traufe. Zu ihrer Rechten öffnete sich ein weiter Flur, in dem zwei Wachen standen. Diesmal war etwas anders. Einer der Wachen schien von innen heraus zu leuchten. Heinz versuchte die Wachen, mit seinem Schockzauber zu stoppen, doch der leuchtende Wächter ging einfach weiter. Er schoss einen Blitz auf den Wächter, worauf dieser anfing zu brennen. Doch er verbrannte nicht, sondern blaue Flammen kamen aus ihm heraus, wobei er immer weiter auf die Gruppe zuging. In der Zwischenzeit beschäftigte sich Leandro mit der normalen Wache. Nach drei Feuerstößen hatte er den Wächter vernichtet. Doch der leuchtende Wächter kam immer noch auf sie zu. Er schien nichts zu spüren. Auch das Schwert, das er hielt, war von den blauen Flammen eingehüllt. Selma stellte sich ihm entgegen. Sie parierte den Angriff des Flammenschwertes mit ihrem Schwert. Von den Flammen ging eine starke Kälte aus, so dass ihr Arm fast einfror. Das Schwert fiel ihr aus der Hand. Leandro und Heinz attackierten den Wächter mit Blitzen und Feuer. Da drehte sich der Wächter immer schneller um sich selbst, so als ob er in einem Tornado gefangen wäre und explodierte dann.

Jetzt konnten sie sehen, wo die Wachen standen. Sie bewachten eine weitere Tür am Ende des Gangs. Als sie die Tür öffneten, ging der Gang ein kleines Stück weiter und machte dann eine scharfe Rechtskurve. Hinter dieser Kurve standen weitere Wachen, die schon auf sie warteten. Es waren drei Wachen, die neben einer Gefängniszelle standen. Durch die Gitter konnte man die Skelette der letzten Gefangenen dort liegen sehen. Ein Wächter hielt einen Schlüssel in die Höhe.

„Wollt ihr unseren Freunden nicht ein wenig Gesellschaft leisten? Sie hatten schon lange keinen Besuch mehr."

Die anderen Wachen fingen an zu lachen und kamen mit erhobenen Schwertern immer näher. Heinz erwischte alle drei mit seinem Schockzauber. Während Selma den ersten erstach, nahm Leandro dem anderem Wächter den Schlüssel ab und öffnete die Zelle. Heinz schoss noch ein paar Blitze auf alle Wächter ab, bevor sie die Leichen in die Zelle brachten. Nun waren am Ende des Gangs zwei Türen. Eine direkt vor ihnen und eine zu ihrer linken Seite. Die Tür auf der linken Seite wurde allerdings von einem Geröllhaufen versperrt. So blieb ihnen keine Wahl, als geradeaus weiter zu gehen.

Hinter der Tür ging der Gang links weiter. Diesmal kamen ihnen zwei Wächter entgegen, während ein leuchtender Wächter hinten stehen blieb. Der leuchtende Wächter schoss zwischen den anderen beiden Blitze auf die Gruppe. Heinz gelang es, ein arkanes Schild aufzubauen, mit dem er die Blitze abwehren konnte. Ihm war bewusst, dass der Schild nicht lange halten würde. Deshalb schoss er zurück. Leandro schoss seine Feuerkugeln auf den rechten Wächter, während sich Selma dem Wächter links entgegenstellte. Der leuchtende Wächter fing wieder an zu brennen und schoss nun Feuerlanzen ab. Das hielt der arkane Schild nicht mehr aus und fiel in sich zusammen. Bevor Heinz von einer Lanze getroffen wurde, wich er noch rechtzeitig aus. Ein paar weitere Blitze sorgten dafür, dass auch dieser Wächter explodierte. In der Zwischenzeit hatten auch Selma und Leandro ihre Wächter besiegt. Doch als sie weitergehen wollten, kam ein weiterer Wächter um die Ecke gelaufen. Heinz betäubte ihn mit seinem Schockzauber, während Leandro den Rest mit seinen Feuerkugeln besorgte. Nun war der Weg endlich frei.

Sie gingen den Gang weiter entlang, der sich mal nach links und dann wieder nach rechts bog. Dann endete der Gang vor einer Wand. An der linken Seite stand ein Regal mit Gläsern, in denen Flüssigkeiten mit verschiedenen Farben waren. In der Wand war ein Quadrat mit neun Vertiefungen.

„Wie kommen wir jetzt weiter" fragte Leandro. „Das kann doch jetzt nicht das Ende vom Weg sein."

„Nein" meinte Heinz. „Diese Löcher müssen eine Bedeutung haben. Ich nehme an, dass wir die Gläser aus dem Regal in die richtigen Vertiefungen stellen müssen. Nur sind dort mehr als neun Gläser im Regal."

„Da es ein magischer Durchgang zu sein scheint, muss es ein Symbol der Magier und nicht der Kirche sein." meinte Selma.

„Vielleicht handelt es sich um das Zeichen des Ordens. Das wäre eine rote Raute mit einem blauen Kreuz durch. Selma, gib mir doch mal bitte vier rote Behälter."

Heinz setzte in der oberen Reihe einen Behälter in die Mitte, in der mittleren Reihe außen jeweils einen Behälter und unten wieder einen Behälter. Nichts geschah.

„Okay, jetzt brauche ich noch fünf blaue Behälter"

Als er den letzten Behälter in die Vertiefung gestellt hatte, begannen sich die Farben zu verbinden. Sie zeigten jetzt tatsächlich eine rote Raute an und ein blaues Kreuz. Die Raute fing immer stärker an zu leuchten, bis sie zu einem roten Loch wurde und so den Durchgang frei gab.

„Das ist das Repositorium" meinte Selma. „Von hier aus müssen wir einen anderen Zugang zur Kammer der Phylaterien finden." So betraten sie den Raum und schauten sich um.

Direkt vor ihnen stand ein großer Tisch. In der Mitte des Tischs stand eine zwei Meter große Vase, links und rechts standen zwei runde Becken. Sie gingen rechts um den Tisch herum, wo sie noch mehr Tische sahen. Überall standen Schalen mit verschiedenen Flüssigkeiten. Eine fing an zu blubbern, als sie näher kamen. Eine Truhe stand neben ein paar Bücherregalen. Sie umrundeten den Tisch und sahen viele Statuen, Stäbe und Dolche mit geheimnisvollen Runen darauf. Und eine Statue von einer aufrecht hockenden Katze stand mitten im Raum. Die Katze schaute eine verschlossene Tür an, vor der ein Bücherregal stand.

„Wofür das wohl gut ist" fragte Leandro.

„Warum lagern sie hier so viele Artefakte aus Tenita?"

„Das ist Geschichte, Selma" antwortete Leandro. „Und es ist faszinierend."

„Ich habe keine Ahnung, wozu das gut sein soll" sagte Heinz und zuckte dabei mit den Schultern.

„Ich habe schon Bilder davon gesehen" meinte Leandro. „Sie verstärken jeden Zauber, der auf sie gewirkt wird. Damit können wir bestimmt in die Kammer der Phylaterien einbrechen."

„Ob wir es bis zur Tür schieben können" fragte Heinz.

„Seht ihr den Mörtel hinter dem Bücherregal" wies Leandro sie hin. „Er vermodert schon. Sehen wir es uns genauer an."

Leandro ging zum Regal und schaute es sich an.

„Es dürfte nicht schwer sein, das Ding aus dem Weg zu räumen."

„Na, dann schieb es doch weg" sagte Heinz.

„Alleine schaffe ich das nicht. Ihr müsst mir helfen. Gemeinsam können wir es verschieben. Na los!"

Alle drei stellten sich an die linke Seite des Regals und drückten dagegen. Es bewegte sich. Erst langsam, aber dann ging es immer besser. Endlich hatten sie das Regal so weit weggeschoben, dass die Tür freigelegt war.

„Jetzt müssen wir nur noch irgendwie durch die Wand kommen." Leandro ging zu der Katze zurück. „Benutzt es zusammen mit dem Stab. Rasch. Wir haben wenig Zeit."

Heinz stellte sich hinter die Katze und zog den Feuerstab heraus. Dann richtete er ihn auf die Katze. Die Flammen des Stabs hüllten die ganze Katze ein und wurden dann förmlich von ihr aufgesaugt. Als Nächstes kamen sie wieder aus dem Maul heraus, aber um ein vielfaches stärker. Die Wand fing nun an zu glühen. Es wurde so heiß im Raum, dass Heinz fast den Stab fallen lies. Im nächsten Moment explodierte die Wand und ein Durchgang wurde frei. Dahinter führte eine Treppe nach unten.

„Das ist die Kammer der Phylaterien" rief Leandro glücklich.

„Wir müssen schnell Leandros Phylaterion finden" erwiderte Selma.

„Dann sehen wir uns mal um." Heinz schaute in dem Raum umher. Er konnte nur kahle Wände sehen und zwei kleine Treppen am Ende des Raums. Eine führte links nach oben und die andere rechts nach oben.

„Es müsste leicht zu finden sein. Hier gibt es nicht viele Phylaterien" stellte Leandro fest.

„Es scheint so", meinte Heinz „als ob wir die linke Treppe nehmen müssen. Schaut nur, davor stehen Wächter."

Leise gingen sie vorwärts. Die Wächter schienen sie nicht zu bemerken. Selma hielt ihr Schwert bereit, während sich Leandro und Heinz bereit machten ihre Magie einzusetzen. Dann sprangen sie vor die Wächter und griffen an. Die Wächter hatten keine Chance, da Heinz sie lähmte, bevor sie reagieren konnten. Selma durchbohrte einen und Leandro verbrannte die zwei anderen.

Als sie die Treppe hochstiegen, war ihre Aufmerksamkeit geschärft. Immerhin konnten hier noch mehr Wachen lauern. Doch sie trafen auf keine Wachen mehr. Dafür wurde es ziemlich kalt. Zwei Statuen, die wie Tempeldiener aussahen, flankierten den Eingang. Sie hielten jeder eine Schale mit beiden Händen. Auf dem Boden war eine dicke Eisschicht und von der Decke hingen Eiszapfen herab. Auch an den Wänden hatte sich Eis gebildet. An der rechten Wand standen drei Regale, in denen insgesamt zehn rote Flaschen standen. Weiter vor ihnen stand ein Tisch mit drei weiteren Flaschen. Auf einer Flasche stand Leandros Name drauf.

„Irgendwie hatte ich mit mehr Phylaterien gerechnet" sagte Heinz, ein wenig enttäuscht.

„Hier lagern nur die Phylaterien der Schüler" erklärte Leandro. „Die Phylaterien der anderen Magier lagern in der Hauptstadt. Da wurde jetzt auch dein Phylaterion hingebracht." Dann nahm er sein Phylaterion in die Hand. „Eine kleine Flasche und doch macht sie großen Ärger. Doch das wird sich jetzt ändern. Wie zerbrechlich die Zukunft doch ist." Mit diesen Worten ließ Leandro die Flasche fallen, wo sie auch gleich am Boden zerbrach. Das Blut verteilte sich noch, bevor es gefror.

„Dann lasst uns jetzt weitergehen" meinte Heinz. „Ich habe keine Lust hier zu erfrieren."

Sie drehten sich um und gingen wieder die Treppe herunter.

„Die andere Treppe führt uns bestimmt wieder nach draussen" sagte Selma.

So folgten ihr die Jungen nach oben.

Ertappt

Als sie die Tür am Ende der Treppe öffneten, kamen sie wieder in den Raum zurück, von dem ihr Abenteuer gestartet war.

„Das ist doch die Tür, die wir von außen nicht öffnen konnten." Selma schaute sich irritiert um. „Dann lasst uns schnell wieder nach oben gehen und aus dem Turm fliehen."

Schnell öffneten sie die Tür und liefen die Treppe rauf. Oben angekommen jubelte Leandro. „Wir haben es geschafft. Ich fasse es nicht. Danke. Ich hätte es niemals..."

„Ihr hattet also Recht, Pendrax." Diese Worte sprach Wilmort, während er mit Pendrax und Asker immer näher kam. Dann standen sie sich gegenüber.

„Ich wusste, es würde böse enden." Heinz schaute betroffen zu Boden.

„Wilmort" sagte Selma voller Schreck und wurde rot m Gesicht.

„Ich fasse es nicht" sagte Wilmort. „Eine Kirchenanwärterin paktiert mit einem Blutmagier. Ich bin enttäuscht Selma." Dann wandte er sich Pendrax und Asker zu. „Sie wirkt schockiert, aber im Vollbesitz ihrer geistigen Kräfte. Sie ist also keine Vasallin des Blutmagiers. Ihr habt Recht Pendrax. Die Anwärterin hat die Kirche hintergangen. Die Kirche wird eine angemessene Strafe verhängen. Und er hier" dabei zeigte er auf Heinz. „Kaum ein Magier und schon die Regeln des Zirkels brechen."

„Es ist nicht seine Schuld. Es war meine Idee." Voller Hass und Verachtung spie Leandro diese Worte aus.

„Er ist hier auf meinen Befehl, Wilmort" erklärte Pendrax. „Ich übernehme die volle Verantwortung für sein Handeln."

„Genug" rief Wilmort. „Als Kommandant der hier versammelten Templer verurteile ich diesen Blutmagier zum Tod. Diese Anwärterin hat die Kirche und ihr Gelübde entehrt. Bringt sie zu Eona!"

Zwei Templer traten aus dem Hintergrund und gingen auf Selma zu. „Das Gefängnis der Magier. Nein! Bitte nicht! Nicht dorthin!" Selma wich mit jedem Wort einen Schritt zurück. Da sprang Leandro vor sie und stellte sich den Templern in den Weg.

„Nein! Fasst sie bloß nicht an!" Noch während Leandro schrie, zog er seinen Dolch. Doch er griff nicht die Templer an, sondern rammte ihn durch seine Hand. Das Blut spritzte nur heraus. Dann hob er seine Hände und schleuderte sein Blut auf die Templer. Es verwandelte sich in eine rote Wolke, die die Templer, sowie Wilmort, Pendrax und Asker niederstreckte..

„Beim Erbauer! Blutmagie ... wie konntest du ... du sagtest du würdest nie ..."

„Ich gebe zu ... ich habe es versucht. Ich wollte ein besserer Magier werden."

„Blutmagie ist böse, Leandro. Sie verändert die Leute. Sie vergiftet sie."

„Ich werde sie aufgeben. Die Magie überhaupt. Ich will nur bei dir sein Selma. Bitte komm mit mir."

„Ich habe dir vertraut. Ich wollte alles für dich opfern. Ich wollte alles für dich aufgeben. Ich ... weiß nicht, wer du bist, Blutmagier. Geh hinfort von mir."

Wutentbrannt lief Leandro davon.

Langsam kam Pendrax wieder zu sich. „Seid ihr wohlauf? Wo ist Wilmort?“

„Ich wusste es“ erwiderte Wilmort, während er am Boden kauernd seinen Kopf hielt. „Blutmagie. Aber das er so viele besiegt. Ich hätte nicht gedacht, dass er so mächtig ist.“

„Er hat mich belogen“ fluchte Heinz.

„Keiner von uns hat damit gerechnet.“ Pendrax schaute einmal in die Runde. „Seid ihr wohlauf Wilmort?“

„So wohlauf wie unter den Umständen möglich. Hättet ihr mich früher handeln lassen, dann wäre das alles hier nicht passiert. Jetzt haben wir einen Blutmagier auf der Flucht und keine Möglichkeit ihn aufzuspüren.“

„Ja“ meinte Heinz. „Leandro hat sein Phylaterion zerstört.“

„Wo ist das Mädchen?“

„Ich ... bin hier Sir.“

„Ihr habt einem Blutmagier geholfen. Seht nur wie viele gute Männer er verletzt hat.“

„Selma wusste nicht, dass Leandro ein Blutmagier ist.“

„Spart Euch die Mühe, Heinz. Ich kann für mich selbst sprechen. Kommandant, ich war im Unrecht. Ich war die Komplizin eines Blutmagiers. Ich akzeptiere jede Strafe, die Ihr für angemessen haltet. Sogar Eona.“

„Weg mit Euch. Aus meinen Augen!“ Wilmort machte eine Handbewegung und die Templer führten Selma ab. „Nun zu Euch. Ihr wart in einem Repositorium voller Magie, die aus gutem Grund weggesperrt ist.“

„Habt ihr etwas wichtiges aus dem Repositorium an euch genommen?" Pendrax versuchte, bei dieser Frage streng zu schauen, was ihm aber gründlich misslang.

„Ja, diese Rune. Ihr könnt sie zurückhaben, wenn ihr wollt."

„Ha" schnaubte Wilmort. „Wenigstens ein Rest Ehrlichkeit. Aber Eure Possen haben unseren Zirkel zu einem Gespött gemacht. Was sollen wir mit Euch machen?"

„Gar nichts" erwiderte Heinz. „Ich habe nur getan was mir befohlen wurde."

„Wie gesagt" stimmte auch Pendrax zu, „er war in meinem Auftrag tätig."

„Und das macht es besser? Die Kammer der Phylaterien steht nur Euch und mir offen!"

„Ich hatte meine Gründe."

„Ihr seid nicht allwissend, Pendrax. Ihr wisst nicht, wie viel Einfluss der Blutmagier schon hatte. Wie sollen wir jetzt vorgehen?"

Da meldete sich Asker zu Wort. „Kommandant, wenn Ihr erlaubt. Ich suche nicht nur Magier für die Armee des Königs. Ich rekrutiere auch für die Tempelwächter. Erwing sprach sehr lobend von diesem Magier. Ich möchte dass er zu den Wächtern kommt."

„Was" empörte sich Wilmort. „Ihr habt ihm einen Tempelwächter zugesagt?"

„Er hat dem Zirkel gut gedient. Er würde einen ausgezeichneten Tempelwächter abgeben."

„Unsere Rekruten müssen entschlossen handeln" erklärte Asker weiter. „Der Kampf gegen die Uedkult erfordert das. Oftmals auf Kosten von allem anderem."

„Ich erhebe Einspruch. Ihr sagt, er hätte eure Befehle befolgt, Pendrax? Aber ich traue ihm nicht. Ich muss diesen Fall untersuchen und werde diesen Magier nicht den Tempelwächtern überstellen." Wilmort wollte Heinz auf keinen Fall gehen lassen.

„Wenn die Tempelwächter mich wollen, gehe ich mit Freuden mit."

„Wir brauchen Magier, Wilmort. Wir brauchen diesen Magier." Asker schaute Wilmort eindringlich an. „Es gibt schlimmeres auf der Welt als Blutmagier und Ihr wisst das. Ich nehme diesen jungen Magier unter meine Aufsicht und übernehme für all seine Taten die Verantwortung."

„Dieser Magier verdient keinen Platz im Orden." Wilmort spielte nervös mit seinen Fingern an seinem Schwertknauf herum.

„Warum belohnen wir Einsatz nicht" fragte Pendrax. „Der Magier hat dem Zirkel einen Dienst erwiesen. Von so einer Möglichkeit wagen wenige auch nur zu träumen. Verspielt sie nicht."

Heinz versuchte ruhig zu bleiben. „Dann werde ich also ein Tempelwächter?"

„Ja" antwortete Pendrax. „Seid stolz darauf. Ihr habt mehr Glück, als Ihr ahnt."

„Danke für alles, erster Verzauberer."

„Komm, dein neues Leben wartet." Mit diesen Worten brachen Asker und Heinz auf.

Ein neuer Weg

Auf dem Weg zum Lager erzählte Asker. „Wir werden durch die Hinterlande nach Süden reisen, zu den Ruinen von Antagoras, am Rande der Recknor-Wildnis. Das Reich von Vernetti errichtete Antagoras vor langer Zeit, um die Wilden daran zu hindern in die nördlichen Ebenen einzufallen. Es passt, dass wir uns ihnen hier entgegenstellen. Auch wenn uns ein anderer Feind erwartet. Die Truppen des Königs haben schon mehrfach gegen die Uedkult gekämpft. Hier wird sich die Hauptstreitmacht der Horde zeigen. Im Moment gibt es in Fendler nur wenig Tempelwächter. Aber sie sind alle hier. Diese Verderbnis muss hier und jetzt aufgehalten werden. Wenn sie sich nach Norden ausbreitet, wird Fendler fallen."

Da kam ihnen ein Soldat in goldener Rüstung entgegen, gefolgt von zwei weiteren Soldaten. „Seid gegrüßt, Asker."

„König Candal. Ich hätte nicht erwartet..."

„Was? Eine königliche Begrüßung? Ich hatte schon Angst, Ihr verpasst den ganzen Spaß."

„Um keinen Preis der Welt, Eure Majestät."

„Dann habe ich in der Schlacht doch noch den mächtigen Asker an meiner Seite. Die anderen Wächter haben berichtet, Ihr hättet einen vielversprechenden Rekruten. Ist er das?" Mit dieser Frage zeigte König Candal auf Heinz.

„Erlaubt mir euch einander vorzustellen, Eure Majestät."

„Es gibt keinen Grund für Förmlichkeiten, Asker. Immerhin werden wir gemeinsam Blut vergießen. Hallo mein Freund. Wie ist Euer Name?"

„Ich bin Heinz, Eure Majestät."

„Ich freue mich, dich kennenzulernen. Die Tempelwächter, versuchen ihre Anzahl zu vergrößern. Ich, für meinen Teil, freue mich, sie dabei zu unterstützen. Wie ich sehe, seid Ihr vom Zirkel der Magi. Ich nehme an, Ihr kennt einige Zauber die uns in der Schlacht nützlich sein werden."

„Ich werde selbstverständlich mein Bestes geben."

„Hervorragend. Wir haben zu wenig Magier, deshalb ist uns jeder Magier herzlich willkommen. Erlaubt mir der erste zu sein, der Euch in Antagoras willkommen heißt. Die anderen Wächter werden enorm davon profitieren, euch in ihren Reihen zu haben."

„Ihr seid zu freundlich, Eure Majestät."

„Verzeiht, das ich euch verlassen muss, aber ich sollte zu meinem Zelt zurückkehren. Galeno brennt darauf, mich mit seinen Strategien zu langweilen."

„Euer Onkel schickt euch Grüße und erinnert daran, dass die Truppen aus Rockliff nächste Woche hier sein könnten." Asker sagte dies noch, bevor der König zu seinem Zelt aufbrechen konnte.

„Ha! Novis will auch sein Stück vom Ruhm. Wir haben schon drei Schlachten gewonnen und morgen wird es nicht anders sein."

„Es klingt, als sei die Verderbnis fast beendet." Heinz wirkte überrascht.

„Ich bin mir nicht einmal sicher, ob das überhaupt eine Verderbnis ist" meinte König Candal. „Die Schlachtfelder sind zwar voller Uedkult, aber bisher gab es keine Spur eines Erzdämons."

„Seid Ihr enttäuscht, Eure Majestät" fragte Asker.

„Ich hatte auf einen Krieg, wie in den Geschichten gehofft." König Candal blickte betroffen zu Boden. „Ein König der gemeinsam mit den Tempelwächtern gegen einen sagenumwobenen verderbten Gott in die Schlacht zieht. Aber ich muss mich wohl mit dem begnügen, was wir hier haben. Ich muss gehen, bevor Galeno noch einen Suchtrupp nach mir aussendet. Lebt wohl Tempelwächter." Der König und seine Wachen gingen zurück in das Lager.

„Was der König gesagt hat ist wahr" sagte Asker. „Wir haben schon einige Schlachten gegen die Uedkult gewonnen."

„Ihr klingt trotzdem nicht wirklich beruhigt."

„Trotz der bisherigen Siege wird die Zahl der Uedkult mit jedem Tag größer. Tatsächlich scheinen sie schon in der Überzahl zu sein. Ich weiß, dass ein Erzdämon hinter allem steckt. Aber ich kann den König nicht darum bitten, nur meinem Gefühl zu vertrauen."

„Warum nicht? Er scheint eine hohe Meinung von den Tempelwächtern zu haben."

„Aber nicht hoch genug, um auf die Verstärkung der Tempelwächter von Burley zu warten. Er denkt, unsere Legende allein mache ihn unverwundbar. In Fendler gibt es zu wenige von uns. Wir müssen einfach tun, was wir können und hoffen das Tir McHerling den Unterschied macht. Und deshalb sollten wir jetzt, ohne jede weitere Verzögerung das Ritual des Beitritts fortsetzen."

„Es wäre nett, vorher etwas warmes zu Essen zu bekommen."

„Du hast Recht. Wir haben Zeit. Das Ritual beginnt erst bei Einbruch der Nacht. Um einen Tempelwächter zu werden, muss jeder Wächter ein geheimes Ritual vollziehen, den wir den Beitritt nennen. Das Ritual dauert nicht lange, aber es bedarf einiger Vorbereitung. Wir müssen bald anfangen."

„Großartig. Dann sollten wir es hinter uns bringen."

„Wenn du möchtest, kannst du dich im Lager ein bisschen umsehen. Ich bitte dich nur darum, es im Moment nicht zu verlassen. Hier im Lager ist noch ein weiterer Tempelwächter, er heißt Balester. Geh zu ihm, sobald du bereit bist. Sag ihm, dass es Zeit ist und er die anderen Rekruten zusammenrufen soll. Bis dahin muss ich mich noch um einiges kümmern. Wenn du mich brauchst, findest du mich beim Zelt der Tempelwächter, auf der anderen Seite der Brücke."

Orte

Antagoras

Am Rande der Recknor-Wildnis gelegen, diente Antagoras dem Vernetti-Imperium als wichtigster Stützpunkt gegen die Bhasin, einem wilden Volk. Die wehrhafte Festung diente dazu, um die Bhasin-Barbaren von den nördlicheren Tiefländern fernzuhalten.

Wie viele der südlich gelegenen Festungen wurde auch Antagoras während der ersten Verderbnis von Vernetti aufgegeben. Seit Jahrhunderten wurden keine Truppen mehr auf der Festung stationiert und sie zerfiel nach und nach zu den heutigen Ruinen, deren Gemäuer zum Großteil erhalten blieben. Trotz des gegenwärtigen desolaten Zustands gilt Antagoras als Zeitzeuge der einstigen Macht Vernettis.

Der Turm

Da er, vor allem als der Turm des Zirkels der Magi bekannt ist, vergessen viele, dass dieser große Turm bereits seit langer Zeit in der Mitte des Chandlee-Waldes steht, weit bevor der Zirkel überhaupt existierte. Burg Hicklin – so der einstige Name des Turms – wurde mit Hilfe der Zwerge von den Vavra errichtet – zu einer Zeit, in der die Bergleute über große Teile des Tals herrschten. Die Bergleute führten einen andauernden Krieg mit anderen Marilac Clans. Man dachte, der Wachturm wäre wahrhaft undurchdringbar, bis eines Tages das Vernetti-Imperium einfiel und die Vavra zurück in das Gebirge drängte. Die Grausamkeit, mit der die Vernetti die Vavra schlachteten, gebar eine Legende, die über Jahrzehnte bestand: Es hieß, der Turm sei verflucht. Nachdem ihr ursprünglicher Turm in Meerdink niedergerissen wurde, ergriff der Zirkel der Magi Besitz von ihm.

Fendler

Fendler ist eine relativ gemäßigte Nation, bevölkert von einem primitiven, militaristischen Volk, das erst in den letzten Jahrhunderten zivilisierter geworden ist. Im Westen grenzt es an das soergelinische Kaiserreich - das Gebirge trennt beide Länder. Hier liegt auch das letzte Königreich der Zwerge in ganz Thetis Grammar.. Im Nordosten des Landes befindet sich die Hauptstadt Meerdink.

Vernetti

In alten Zeiten war die Macht des Imperiums unerreicht und seine Grenzen erstreckten sich fast über den gesamten Kontinent. In der heutigen Zeit ist nur noch ein verfallener Rest in der Umgebung von Harmston im Norden geblieben. In dieser berühmten Stadt, die einmal das Juwel des gesamten Kontinents darstellte, herrschen nun mächtige Magier mittels einer Form von Magokratie.

Vernetti hat überall in Thetis seine Spuren hinterlassen, die man immer noch in den Ruinen und auf den Straßen des gefallenen Kaiserreichs sehen kann. Zwar werden diese Geschichten heute nur noch erzählt, um kleine Kinder zu erschrecken, doch die Wahrheit über Vernettis Exzesse würde selbst das kälteste Herz erschüttern.

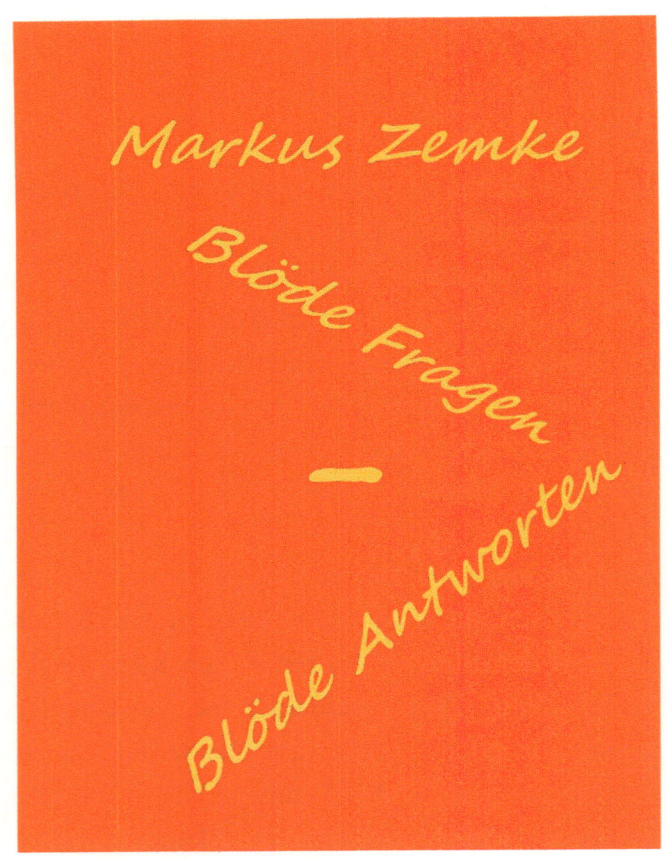

ISBN E-Book: 9783738638424
Produkt: BoD E-Short
BoD-Nr. 1163704
Lieferbar seit 01.09.2015

Markus Zemke

Magische

Liebe

mit

Eine zauberhafte **Todesfolge**
Liebesgeschchte

ISBN Taschenbuch: 9783739208329
ISBN E-Book: 9783739299884
Produkt BoD Classic
BoD-Nr. 1167002
Lieferbar seit 11.11.2015